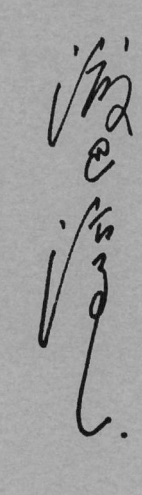

櫻花爛漫时

みんな大変

渡边淳一 著

时卫国 译

青岛出版社
QINGDAO PUBLISHING HOUSE

译者前言

本随笔集是渡边淳一先生自一九八九年四月至一九九〇年四月期间,分期发表在日本杂志《现代周刊》上的主要随笔集,讲谈社曾定名为《涩谷原宿公园大街》,于一九九四年七月结集出版。之后又陆续出版了《像风一样·母亲来信了》和《像风一样·老忘》两部随笔集。后面的两部都加了《像风一样》这个连贯下来的标题,唯有《涩谷原宿公园大街》没加。为了表示是随笔集的系列作品,今再版改名为《像风一样·樱花烂漫时》。

本随笔集主要讲述了观樱赏花、度假休闲、议员选举、贫富差距和肉体意识等诸多现实问题,深度剖析了现代社会的游戏规则和动物世界的自然定律,揭示了现实社会环境和自然环境的弱肉强食。也对男女平等、黄金周、画家与作家的职业特点、作家与粉丝的矛盾纠葛,以及在境外所遭遇的种种困扰作了详尽展现。还对脑死亡的判定、人体器官的移植以及友人猝死而带来的反思进行了理性阐述。本书文笔潇洒,超尘脱俗,直抒胸臆,跌宕起伏,呈现出散文大家的风采和定力。

日本被誉为"樱花之国",一提樱花,人们会就联想到日本。日本的樱花品种繁多,形态各异,有染井吉野,还有山樱、里樱、大岛樱和垂枝樱等等。樱花高雅别致,香气清淡。作者将染井吉野喻为精心装扮过的美女,婀娜俏丽,略显慌乱;将垂枝樱赞为乡土之花,素雅稳重,花色娇艳,极尽奢华之感。新旧年度交替之时,即是樱花烂漫之际,各种社会活动,如入学典礼、就职仪式、官职晋升、人员调动等,都达到高潮。人们徜徉花海,心旌荡漾,驻足观赏,浮想联翩,留下种种回忆。饭馆也常把樱花放进茶里,放进酒里,放进饭菜中……

每当樱花绽放枝头,人们就会聚集树下,举杯畅饮,载歌载舞,一幅"沉浸醲郁,含英咀华"的生动画面。据日本《岁时记》所示,东京到名古屋、京都和大阪再到濑户内海一带,基本处在同一开花峰面。因东京繁华热闹,大厦林立,车水马龙,人口稠密,造成气温偏高,致樱花开早,预先做好赏花计划的游客为适逢盛花期而欢呼雀跃,备好器材等待拍摄的电影厂家,因错过花期,而蒙受经济损失……真可谓是几家欢乐几家愁。

作者访遍岛内,周游列国,探幽发微,感慨系之,对日本神秘的历史神话进行独到的探究,得出日本年轻人对本国历史知之甚少,无法理解传统文化的结论。作为历史悠久的日本,黑暗的时代不应该再反复。神武天皇是为伪造大河源流的古老而捏造出来的神灵,后来被"皇国"史观所利用。然而这并不是神武天皇不好,也不是橿原神宫的责任,只是据此来达到罪恶目的的人行为恶劣。作者认为日本是个极端的民族，一旦认为好，就整体举手赞成，一旦认为不好，就联合起来诛之。要么随声附和，要么坚决反对，总是整体响应或转向，对不同意见零容忍。

男女不平等是日本社会由来已久的话题，也是日本社会的痼疾。一位首相因婚外恋遭到女方告发，后因"性丑闻"被迫辞职。众人皆谴责男方，很少谴责女方，作者认为有失偏颇。是男方太"笨"，没把事情摆平。女方厚颜无耻，借机敲诈：一方面与男人发生性关系，收取钱财；另一方面又乘男人升官发财之际敲诈勒索，诬告遭性侵。日本社会历来有"男人是加害者，女人是被害者"的思维定式，习惯性地将矛头对准男方。作者认为这种机械片面、只看事物表面的做法应予纠正，否则就难以实现真正的男女同权和男女平等。

在日本当今社会条件下，富人要比穷人受到更多照顾，无论衣食住行，富人都能充分地享受到一切，而穷人则处处难以如意。在日本，富人和穷人唯一平等享受的是手术费、药费和注射费等医疗费用。故而日本的资深医师和医师新手收取的诊疗费相同。作者认为这是一种拙劣的平等，太过荒唐。与美国相比，日本的医师资格认定过于宽松，医师资格证书的获得，主要靠混年头。而在美国，新医师则必须历经五六年见习期，拥有充分的临床经验并通过严格的考试之后，才能获得资格。作者认为日本的资格认定制度是极不合理的，应予纠正。

日本的政治家常玩"穷把戏"，当要公开财产时，千方百计地掩盖、藏匿和转移名下财产,摆出一副穷人架势。之所以如此,源于日本民众嫉妒心之强烈,以为哪个政治家穷,哪个政治家就能代表贫民,思想太过单纯。人的初心都是追求财富、向往富贵的。自古以来,日本社会以"廉洁"为美德,崇尚心地纯洁,清心寡欲。然而,人的内心却自私自利,贪得无厌。如果政治家暴露这一点,就会招致民众反感,不利于自己当选,于是他们就装穷,向大众献媚。作者认为民众贫穷,也希望政治家贫穷,才导致政治家装穷。这种阴暗的心理极不利于精神健康,应予鞭挞。

脑死亡问题在欧美和东南亚各国已从法律上得到承认,而在日本则行不通,作者表示不可理解。作者认为脑死亡和人体器官移植是相互关联的问题,理应妥善解决。作者还诙谐有趣地将人体器官移植而产生的排异反应用来比喻男女关系,指出排异反应男女有别——女人强于男人。女人如果喜欢 B,就不会喜欢 B;如果 B 加入,就有排异反应。相反,男人的排异反应则相对较弱,可能会在喜欢 A 同时又喜欢 B。

本随笔集收录了作者对日本文化与现代精神、文学创作与社会生活、娱乐活动与生活情趣等多方面评论,以朴实的语言、轻松的节奏、尖锐的视角、深刻的哲理,全方位地审视人生、社会、自然、文化及历史,深层次地剖析现实人生与社会世情、动物世界及社会风尚的各种特征,纵横驰骋,挥洒自如,既富于历史感、沧桑感,又不失趣味,令人深刻反思现实生活、社会环境及兴趣爱好,充满轻松诙谐、质朴无华的创作意趣。对事实的铺叙立场坚定,憎爱分明,立意高远,举重若轻,反映出作家对现实社会有序发展的殷切期盼与真情呼唤。

本随笔集汉译文本取自日本讲谈社一九九四年十二月十五日出版的《像风一样·都够受的》第一次印刷本。

时卫国
二〇一八年夏季

目　录

译者前言 / 001

无聊的事 / 001

樱花,樱花 / 005

去吉野 / 010

潜伏的粉丝 / 015

画家与作家 / 019

从长谷寺去室生寺 / 023

黄金周 / 028

试映会 / 032

巴黎的旅馆 / 037

在柏林 / 041

德国与素汤面 / 045

金字塔要诉说 / 049

强运堂,行进在肯尼亚 / 054

都不得了 / 059

狮子舰队出击 / 064

自然的成规 / 069

男女不平等 / 073

七月二十三日 / 077

夏威夷的熔岩 / 082

一只树懒 / 087

偶尔要堂堂正正 / 092

蓄须的爸爸 / 096

不好的平等 / 100

哭穷游戏 / 105

肉体意识 / 110

酸甜味 / 114

秋刀鱼的悲哀 / 119

卖油的娘子用水梳头 / 124

在亚特兰大 / 129

时差影响 / 132

两件害羞的事儿 / 136

一切都是辩解 / 141

红叶和逝去的人 / 145

活体肝移植的周边 / 150

排异反应 / 154

奇怪的共识 / 159

摄氏温度与华氏温度 / 163

表与里 / 168

去阿寒,后感冒 / 173

周日的理发店 / 178

河豚与龙王 / 183

形形色色的粉丝 / 188

脑组织坏死与选举 / 193

刑满释放 / 198

从纲走去清里 / 203

正义与单纯 / 208

先去纽约,再去夏威夷 / 213

于热海·伊豆山 / 218

友人之死 / 222

后记 / 227

文库版后记 / 229

无聊的事

"无聊地整天对着砚台,有意无意地写起了涌上心头的琐事,竟难以置信地想要发疯。"

这是《徒然草》①的序段,即所谓开头的一段。

我在高中时代没有认真地学习《徒然草》,但不知何故,一提笔写稿子,这篇文章就会不由自主地浮现在脑海中。

虽然是距今六百多年前的文章,却一点也不过时。岂止不过时,而且说出了我的心声,令人震惊。

特别令人赞叹的是下面这个句子。

"有意无意地写起了涌上心头的琐事……"说得妙极了。

没错,我现在正要"有意无意地写起涌上心头的琐事"。

这样写东西行吗?怎么能写得好一点儿呢?我有点犹豫不决,好像又有点惊慌失措。

---

①《徒然草》:《日本镰仓时代的随笔集(卷二)》,吉田兼好著,与《枕草子》并称日本随笔文学双璧。

这不仅限于随笔,小说也一样。

写这样的东西作为谋生的手段行吗?我内心的忐忑和羞愧好像早被六百年前的兼好法师看穿了。

对于以写作为业的人来说,他的这句话特别能打动人。

尤其是"竟难以置信地想要发疯"这句话,十分生动。

确实,人在有意无意中写起琐事来,会格外地冲动,觉得要发疯,确实不可思议。

写起琐事来想要发疯的人,也许是耐不住写琐事的非生产性才这样的。

幸亏我还没到这种地步,但也时常想要发疯。

特别是在晴朗的天气里,人们都在外面忙碌地工作,我一个人待在家里写琐事,总觉得是在做无益的事,心情便无法平静下来。

总不如写点有关国家与未来的论述,写点对国民有益的事,只要去写就行,也不会产生这样的自信或自负。

其实我的小说近年来谈不上对国民有益,而挫伤国民工作积极性的东西倒不少。

可能有人会说:那就干脆别写这些无益的事!

但是说实话,我到了这种地步,已难以自拔了。

明明知道写的是琐事,却总是有意无意地写起来。

写这方面文章的人的内心,似乎早被人看穿了。

话虽如此,六百年前的兼好法师在无聊之时,有意无意中写起琐事,在某些人看来,是令人欣慰的事情。他却在写作的过程中,产生要发疯的情绪也是令人开心的。

既然富于文才的兼好法师都如此,像我这样的人在有意无意中写点琐事也是很自然的事情。

那就将错就错,开始这一连载吧。反正随笔就是这样!

现在我的桌子上放着五支 2B 铅笔和三块橡皮。

另外,还放有塑料小扫帚和小簸箕。这两样东西是用来清理积存在桌子上的橡皮渣和废弃物的。有时打扫桌子会让人变得开心,会忘了写稿子,但与"整天对着砚台……"之优雅还相距甚远。

我不是不喜欢用毛笔。在书的扉页上签名,或在方形美术纸笺上留言,我都是用毛笔写。而写稿子用毛笔则很不适应。像我这样需要改稿好几遍的人,用毛笔很快就会把稿纸弄得污黑。

还是用铅笔和橡皮简单便利。十多年来,我一直用三菱的"高级独特"牌铅笔和"蜻蜓"牌橡皮。

常常见异思迁的我,使用铅笔和橡皮的品牌一直保持不变。

五六年前,我去九州的某个镇子讲演,想利用空余的时间写稿子,却发现忘了带铅笔盒,急忙转身去了镇子上的文具商店,买了十支铅笔、三块橡皮和一个折叠式小刀,售货员感到很纳闷。

"您孩子很多啊,可不得了!"

"不是……"我含糊其词地回答。

也许售货员认为,年纪大的人一次买十支铅笔的行为,让人感到不解且令人同情。

还有一次是在北海道的某个镇子上，我去买折叠式小刀，售货员忠告我："上小学的孩子还是用转笔刀安全啊。"

去年秋天我去欧洲时，在旅途中丢了铅笔盒，不得已在西西里岛[①]的巴勒莫[②]买铅笔和橡皮。

那儿是无需言明的黑手党根据地，却有着和日本国内一样的文具店，规模也相似。

当然没有日本制品，2B铅笔和塑料橡皮都是欧洲产的。铅笔还算可以，而橡皮无论从磨损速度还是下废渣儿数量，都赶不上日本制品。

其销售的笔记本和垫板上画着很多漫画，看了让人感到开心。

文具店的阿姨是个像过去的谢尔巴娜·曼加诺那样体态丰盈有魅力的美女，待人热情。

我买了不少铅笔，她满面笑容，同情地问我："学习很辛苦吧？"

很难评价她看人有眼光，她好像认为我是个还在学习的学生。

[①] 西西里岛：地名，位于意大利南部。
[②] 巴勒莫：意大利西西里岛首府。

樱花，樱花

本来今天应该在京都。

我原打算住在离高台寺很近的小旅馆里观赏樱花，但据说圆山公园一带的花才开了一半，就决定把时间往后顺延一下。

大概每年如此，除了九州南端，东京的樱花开得最早。特别是皇居周围的千鸟之渊①和霞之关②一带，樱花竞相绽放，时至今日（三月末）已开始凋谢了。

同样是染井吉野樱（东京樱花）这一品种，为何有这么大的差别呢？

看一下《岁时记》的开花日峰面，尚知道东京至名古屋、京都、大阪以及濑户内海一带基本处在一条直线上。

但今年东京和京都的花期好像要相差五到七天。

---

① 千鸟之渊：地名，位于东京都千代田区。
② 霞之关：地名，位于东京都千代田区南部。

是《岁时记》弄错了,还是东京地区的气温上升了呢?

想想千鸟之渊或霞之关这类的中心城区都被高层混凝土大厦所环绕,每天都要接受工业废气和人类体温的洗礼。

仅这样就储存了相当的热量。

虽然同处东京,都中心区域的温度要比郊区高两三摄氏度。

实际上,都中心区域的樱花盛开之时,寒舍所在的世田谷的樱花只开了七成。

两天前去横滨的保土之谷①,看到那儿的樱花开得更晚。

好像今年东京都中心没下过雪,只有世田谷下过一次。

这么看来,同处一个东京,为大厦所环绕且交通量大的地方与低矮住宅区的气温有一定差异。

樱花感应环境温度而逐日次第开放,《岁时记》的开花日峰面也该相应改变。

可以预想,以东京都中心部为圆心,形成两三层圆圈的开花日峰面,但是一想理由,就有点害怕。

像今年这样经历暖冬,樱花提前开放了,有的人感到高兴,有的人则感到为难。

感到高兴的,可能是提前计划赏樱旅游的人吧。

京都或吉野的旅馆都有坐在室内就能饱览樱花的房间。

---

① 保土之谷:地名,位于横滨市中央。

这样的房间必须从半年前预订,能不能订得上也不好说。

尽管吉野的山樱花有十天左右的绽放时间,但每年都有若干人观赏不到。

今年不用说,只有提前预约的人才能尽情地饱览樱花。

感到为难的,是正在努力把拙作《在樱树下》拍成电影的那群人。

如果估计樱花四月十号前后盛开,并据此订下了外景拍摄计划,花儿开早了,他们会非常惊慌。特别是启用走红的演员时,就紧张得不得了。

不管怎样,樱花绽放不以人的意志为转移,谁也把控不了。

不过,人们对于樱花早开束手无策,而对迟开的樱花却好像有催放的办法。

比如想要在某个外景地拍摄盛开的樱花,恰逢枝头满是花蕾,没有要开的样子。人们便用摄影灯的强光连续照射两天,花蕾就绽开了。

按照拍摄计划,外景是拍好了,有人说那棵樱树今后再也不开花了。

这也许是植物对任性的人们进行无言的抗议,更是令人惋惜的事情。

每每到了樱花傲放的季节,饭馆就会把樱花掺进游客的茶里,或让樱花的花瓣漂在酒里。

还有的地方用樱树的小枝作成筷枕送给游客。

这是农村人对具有观赏情趣的城市人的关怀。

樱花的颜色虽归类于粉红色,其实颜色很淡,接近白色,香气也淡。因为开花较早,色彩典雅,故受到人们推崇,花瓣添加到饮料或食物中无碍健康。

"樱花烂漫,枝枝芬芳。浮想联翩,回忆种种。"这是芭蕉①的著名诗句。

赏樱的季节是新一年的开始,一般的开学典礼或调动工作都赶在这个季节进行,故而与之相联系的回忆很多。

我就是在樱花盛开的四月上旬辞掉医师的工作而到东京的。

当时的我顾虑重重:今后光写小说能否生活下去呢？心中并没底。当看到樱花之时,这种不安又会加剧。

在樱花绽放的午后,人往往会感觉到倦怠,而樱花本身未必是文静的花。岂止如此,如同吟诵的"花谢无静心"那样,它反倒是一种不安宁的花。

这个世界上如果没有樱花,那该是多么平静啊！

"岁岁不同,年年相似。樱花烂漫,也令心烦。"这则是一茶②的著名诗句。

确实,樱花就像快要被人遗忘的美女一年打来一次电话那样令人

---

① 松尾芭蕉（1664—1694）：江户前期的日本俳句诗人。
② 小林一茶（1763—1827）：江户后期的俳句诗人。

生厌。

与杂乱的染井吉野樱树相比,垂枝樱树要稍微稳重一点儿。

花色也浓重,花瓣也娇艳,或者说是浓妆艳抹,有种极尽奢华的感觉。

坐在折凳上一味地端详花簇,就觉得与其说漂亮,莫如说妖艳;与其说优雅,莫如说淫荡。

京都的乡土之花称作"垂枝樱花"确实是名实相符的,但也觉得有点异样。

樱花的品种很多,最普通的就是染井吉野。好像是明治中期东京染井的花匠首先发现的,所以才这样命名。

冈田裕介先生作为非常活跃的导演,受到演员大友柳太郎的厚爱,两人曾一起去世田谷的马事公苑赏过樱花。

当时,裕介先生指着一簇花说:"那是染井吉野!"

柳太郎听了却摇摇头,更正说:

"阿裕,那是樱花啊!"

过去确实有过这样无知的名演员。

去吉野

听说京都的樱花今年要开得晚一点,就没急着去。但到了星期一,突然接到樱花很快盛开的通知电话,就急急忙忙地赶去了。

确实,樱花不遂人愿。

据说吉野的樱花已经开到了中千本,故决定先去吉野。

在前往吉野必经的橿原神宫前,我等换乘了特快列车,同行的K君问我:"这个站名怎么读?"

我听了感到愕然,反问他:"不会读这个站名吗?"

K君没回答,也没显露出什么害羞的表情。

他是从一流大学毕业的编辑,时年三十一岁。也许是因太过年轻而知之不多。

这个地名对五十岁以上的人来说,从小学时代起无数次吟诵过。

"读'kasihara'啊"。我神气十足地回答。

K君仍然发愣,我不得不在电车里给他讲地名的由来。

这里供奉着日本第一位天皇——神武天皇,以前曾作为神圣的神社,很多人前来参拜。

继而,我从九州宫崎的高千穗峰说起,讲了天孙降临的故事,叙述了神武天皇从此地沿濑户内海东征,到达近畿,平定大和,就任第一代天皇的过程。

"神武景气"或"神武以来的天才"这些语句都带有首代天皇的名字,以此作为历史纪年的开端。

"是吗?"

K君好像理解得很好,表情却有点漠然,好像是在听完全陌生国家的历史。

曾经有一段时期,人们只要听到"神武"或"橿原"这些词,就必须整衣冠、正身姿。

这样暗无天日的时代不可能再重复,但作为日本人,应该了解这段历史。

当然,神武大帝是为了使大和源流变得古老而捏造出来的天皇和神明,后来被"皇国史观者"所利用,又与军国主义的噩梦相联系,也是确实的。

纵观日本发展史,并不是神武天皇不好,也不是橿原神宫有责任,只是据此来达到罪恶目的的人行为恶劣。

说起来,日本国民颇为极端,一旦认为好,就整体举手赞成;一旦认为不好,就联合起来诛之。要么随声附和,要么坚决反对,总是整体响应或转向。

既然奈良中心存在着那个叫橿原的地名,人们都用着神武这个词,就不需要刻意隐瞒什么,而应明确地向人们介绍其由来和现状。对"皇国史观"另当别论,而大和一带是日本民族的故乡,则是确凿无疑的。

可以根据时代的要求简明扼要地介绍这一情况,但错误必须纠正,如果连与其相传承的神话与历史都要抹杀,就有点太过分了。

我非常喜欢日本的神话。神话中有宏大的幻想和浪漫,女性地位也比较突出和优越,故事也有点滑稽。

天照大神是女神,是给地上带来光明的神。这个神曾闹情绪,躲在天上神仙住的石洞里不出来。"天钿女命①"在石洞前飞旋漫舞,日照大神看到这般景象,便打开石门出来了。这个故事让人感到有趣和滑稽。还有大国主命的盗国的故事、被拔掉毛的兔子的故事,都妙趣横生。

而得到公认的是天孙降临,接受这位天照大神之命来治理这个国家,天孙接受三种神器和神敕,从空中降到高千穗峰上来。这种情景要比现在的 UFO 更加神秘和充满幻想。

有时也会出现离奇且令人难以置信的事情,很像《圣经》里不计其数的故事。

看一下日本的神话,都与天皇家族的成立相联系,如果毅然舍弃我们祖先所梦想的浪漫,未免气量太小。

---

① 天钿女命:出现在《古事记》《日本书纪》中的女神。

快要到橿原了,只见耳成山①、天香久山②两座巍峨大山相对矗立着,右边则是秀美的亩傍山③。古代人因为亩傍山的外形漂亮,把它比作女山,把耳成山和天香九山比作男山,两男山为女山相争不下。

看来古代也有不少因三角关系而大伤脑筋的人。

从橿原到吉野是单线铁路,列车在山谷中穿行。

从车窗望出去,中千本的樱花基本上都盛开了,而上千本才开了两三成。

看惯了染井吉野,觉得山樱花的花瓣太小,其萼叶相交处微微带有红色,给人产生一种没有完全盛开的错觉。

但其萼叶相交之处倒别有情趣,带有些许典雅。

与山樱花相比,染井吉野可算是精心装扮过的美女吧。

素雅的山樱花不宜靠近看,宜于从远处观赏。

从内院经上千本,我们到达了中千本。

天空微阴而暮色苍茫,金刚山④、葛城山⑤等山脉层峦叠嶂,眼前的山谷被浓淡各异的樱花点缀得生机盎然。

此乃天下绝景。

---

① 耳成山:山名,也叫"耳梨山",位于奈良县奈良盆地南部,与"天香九山""亩傍山"合称"大和三山"。
② 天香久山:山名,位于奈良县奈良盆地南部。
③ 亩傍山:山名,位于奈良县奈良盆地南部。
④ 金刚山:山名,位于奈良县和大阪府交界处。
⑤ 葛城山:山名,位于奈良县和大阪府交界处。

我们边走边看,看得很入迷,不觉到了如意轮寺。

这个寺院的后面,有因怀念京师而一生悲惨的后醍醐天皇的陵墓,旁边是收藏着楠木正行①遗物的珍宝馆。

看来,楠木正行是因为被冠以忠臣之名,才被人从历史上抹杀掉的。

然而,他确实是忠实于自己的信仰才奉献了大好青春的。

真反对某一时期给某人戴高帽子,一旦不需要了,就像扔废纸一样地丢弃掉。

山樱花漫山遍野开放着的吉野山麓上,似乎潜藏着被时代所愚弄的人的冤魂。

---

① 楠木正行(1326-1348):日本南北朝时代的武将。

潜伏的粉丝

应某个杂志对谈的邀请,我要和歌手八代亚纪①女士见面。

听到此消息的某君对我说,现在最受欢迎的不是她们,而是年轻而时髦的歌手。

我对老歌手的情况稍微有所了解,却和年轻歌手接触太少,与之对谈更难。

理由很简单,一是因为我是八代演歌的粉丝,二是因为现在红极一时的歌手或歌星太过年轻,说话没趣味。

所谓的对谈,只有双方积极互动,才能谈得起来。要是默默地待着,就会一直是"……"。当然,在电视上不说话也不要紧。打比方说,沉默寡言的力士出场,哪怕是不说话,或转过脸去,或面部在淌汗,其表情和动作甚至比语言更能说明问题。

电视画面未必需要喋喋不休。动物上镜就是个很好的例子,只是

---

① 八代亚纪:日本著名演歌歌手,本名增田明代,1950年生于熊本县八代市。

看着它的表情和动作,就令人开心。

但是文字表达就不能这样。如果只是"……(在这儿笑)"或"……(在这儿不高兴)",读者就不会理解。

从这种意义上说,年轻的演员话语少,动作多,只会连续说:"挺高兴!""很开心!""要努力!"这好像是在说什么,其实是搪塞,等于什么也没说。

这就跟说一个女人"美丽"或"漂亮"一样,抽象的名词用得再多,这位女性关键的特色和姿态一点也表达不出来。

一般新闻记者或编辑初次写稿子时,一定会被前辈指点:要用自己的话语表达,写得具体一点!

当然,这种要求对年轻演员也许并不合适。

如想听听年轻演员说真心话,这些红极一时的演员却往往教条式地说些耍嘴皮子的话。也许是演出公司有规定不许随意说,这就让人觉得无聊。

由此来看,有着一定年龄和阅历的人有着自己的想法和说法,对谈起来让人放心。

在见到八代女士之前,先去看了她在新宿陀螺剧场①的舞台演出。在正式对谈之前,大致了解一下对方的工作内容是一种礼貌。

偶尔来这里采访我的人,有些没读过我的书。可能工作忙,无闲

---

① 新宿陀螺剧场:日本演歌剧场,位于东京都新宿区歌舞伎町一丁目。

暇。但不了解就来采访，要说大胆，也是很大胆的。

这么说马上就能明白，如果跟他开个玩笑，举出了别人的小说名字来，说是自己的创作，对方便开始认真地做起笔录来。

看来，诚实的人不掌握实情也是很可怕的。

看八代女士表演的观众，尽是些着装整齐的知识分子模样的中年人。大多是夫妇结伴到场。

说起谁最喜欢八代亚纪，一般都认为是卡车司机，其实不是。据她本人讲是"知识分子"。

这么说吧，在我的医师友人和著名公司的董事中，八代的粉丝就很多。

他们表面上爱听古典音乐，深入聊下去，他们会说非常喜欢"船歌"。

这样的人可以叫"潜伏粉丝"。

喜欢听什么歌应如实说来，无需枉费心机，假装喜欢高雅艺术。读书人在这点上也一样。有人随便举出难懂的书，告知他人是自己的最爱。

比较有趣的是，吉田茂元首相举《钱形平次》、川端康成则举《川上宗薰》作为爱读的书。他们都有出色的鉴赏力。

八代女士的演出结束，呈现出一个让人称奇的现象，那就是很多粉丝拿着各种各样的东西挤到舞台跟前。除了大量的花束之外，还有馒头、水果、大鲷鱼，甚至还有大鱼旗，可谓琳琅满目。

所谓特产，本来是"当地独有的产品"的意思，而馒头和鱼等特产要比高价的花束更能表达粉丝的诚意，看了让人感到开心。

我非常尊重拥有某种我所没有的长处的人。因为我是天生的左嗓子，常常在歌手面前感到羞愧。尤其在八代女士这样的演歌名家面前，会无条件地认怂。

话虽如此，我并不认同通过唱歌而得到大量金钱的不合理现象。

在众人面前一展歌喉，唱得听众如痴如醉，该是多么幸福的体验啊！如果真能唱到这样，听众出多少钱都行。当然这只是左嗓子的偏见，没别的意思。

尽管有些人不是左嗓子，但爱在卡拉OK包厢里没完没了地唱歌，看到这样的人，我就会生气。应该对这样的客人每唱一曲就收取一曲的费用，逼迫他把话筒交给未唱的客人。

我过往的小说中没有多少歌曲登场，似乎有人认为这源于我不会唱歌，其实不是。虽说我是左嗓子，但我懂得欣赏音乐。

不管读者怎样理解，我还是不想写入歌曲，因为现在的流行歌曲太多，写入小说很快就会过时。说实话，唯有这一点，我是服输的。

画家与作家

我应家住藤泽的日本画家片冈球子女士的邀请,去了逗子的日影茶屋。

不言而喻,片冈女士是日本艺术院展览会的重要人物。

然而,我的工作并不与她的事业相关,我只是非常喜欢片冈女士的画。

我特别喜欢她的富士山连续作品集,有她两张富士山系列的画作,分别是其春天和初夏的雄姿。两张画皆色彩鲜明,宛如摄影,从单纯的结构中似乎能感受到草木葱笼的生机和布谷鸟的啼叫。

问她如何能够这般自如地运用丰富的色彩,她回答说:"是因为自己生长在北海道。"

"北海道半年处于银装素裹之中,白雪皑皑,反而令我贪恋色彩。"

这种心情对于同样出生在北海道的我来说,能从心底深刻理解。

因为北海道冬季漫长,百花齐放的六月就显得弥足珍贵,那是天地间无法形容的美丽。看到洒在草木花卉上的温暖阳光,才能够理解这种熬过漫长冬天的喜悦心情。

片冈女士所运用的华丽色彩，可能就是把这种感情一下子倾注到了画面上。

换言之，华丽的色彩是由漫长的冬天孕育而成的。

与之相对应，身居五光十色之处的人未必对色彩敏感，这是令人不可思议且有趣之处。

我之前想请片冈女士给我的小说画一幅封面插画，但觉得她时间宝贵，就没好意思提出来。

一年之前，我描写乃木希典夫妻生涯的《静寂之声》即将出版。我向她提出要求，她很爽快地答应了。

她所绘制的封面虽然用了耀眼的原色，却恰到好处地表现出明治时代的庄重、矫健和温文尔雅，乃不可多得的杰作。

原想马上前去致谢，无奈她在完成作品后伤了腰，便将会面时间一再推迟。

这次应邀前往，也可以借机了却自己的这一心愿。

今年八十四岁的片冈女士身体尚可，好像起居有点儿麻烦，但气色很好，看上去精神矍铄。

她对于像我这样不懂绘画的人也很关心，嘘寒问暖，说各种事情。

她的口头禅是："因为我画得不好……"

确实，片冈女士的画不是绝佳的上乘之作，在技巧这一点上，肯定还有更出色的人。

但是,其画作的震撼力和征服力却是压倒性的,她的画洋溢着可以驱散阴霾的勃勃生机。

我感到不可思议:她为何能画出这样强有力的画呢?片冈女士却微笑着嘟哝道:

"以后还要画啊。"

也许这种气魄才是片冈女士绘画魅力的出发点。

如果把作家和画家的寿命做一下比较,画家好像要绝对地长寿。

现在奥村土牛①老先生已过了百岁,仍在挥毫泼墨。若干八九十岁的画家仍活跃在创作的第一线。

与之相比,作家要早死很多年。即使活着,超过九十岁仍笔耕不辍者也是凤毛麟角。

当然,作家有一种严肃的情怀:从创作的构思到与此相关的资料收集调查,并在此基础上一边唤起想象力,一边撰写文字。脑力与体力一并消耗。

不是说画家的工作轻松,但是画画的工作本身属艺术实践,即使年事已高好像也能胜任。

也许绘画创作比小说创作更单纯些,能脱离世俗而存在。

但小说一般要写活人,所以不能脱离现实。

另外,在创作的过程中,作家只能端坐在一个地方冥思苦想写稿

---

① 奥村土牛(1889–1990):日本画家,文化勋章获得者,生于东京。

子,而画家可以面向大自然旅行写生,在绘画现场也会左瞧右观,东奔西走,心情愉悦。创作大型屏风画或壁画,要爬上爬下,类似于重体力劳动。

另外,抽烟的作家居多,创作环境烟雾缭绕,再喝上几杯对胃不好的咖啡,对身体的损害可想而知。与之相比,画家创作的画室光线明亮,空气也好很多。

这两种工作的进行方式和环境有着明显的差异。

人如果不活动,体力就会逐渐衰弱。这在老年人身上尤其明显。

做一个不太好的比喻,如果居心不良的媳妇希望年事已高的公婆早死,就可以让他们一直躺在床上休息,给予无微不至的照顾。

乍一看似乎很热情,但这样他们会死得很快。

近来文坛上讣闻接连不断。

色川武大、篠田一士都刚到六十岁。

两个人并非都是不爱运动、有点肥胖的人,但运动不足是最糟糕的。

本来,人类的祖先都是靠打猎、捕鱼、在山野中采集野果为生的。

这样生活了几万年,只在近百年之间才完全改变了生活方式。身体结构却不能快速地适应。

这样才产生了当今的健康状况,并不是说因此会怎么样。

当然,无论怎么崇尚运动,喝酒喝到深更半夜,拂晓才慌慌张张地开始写稿子,身体自然会更糟。

这篇稿子是在金泽片山津郊区俱乐部附近写的。

从长谷寺去室生寺

因在大阪还有事,本计划第二天在六甲打完高尔夫就返回东京。

但听说牡丹和石楠已经开花了,就匆忙决定改变行动计划。

今年的樱花要较往年早开一个星期,牡丹和石楠的花期好像也都提前了。

说起观赏牡丹花和石楠花,自然就会选择长谷寺①到室生寺②的路线。

这两个寺院我以前都去过,但阴差阳错,并未适逢几种名花的花期。

可能总是时机不恰当,樱花的盛花期也需延至黄金周,早去可避开人潮。

据说这次是在连休假日期间开花,而且开了很多花。

---

① 长谷寺:真言宗丰山派的总寺院,位于奈良县樱井市。
② 室生寺:真言宗室生寺派的总寺院,位于奈良县宇陀市。

不能错过这样的机会。

临行前一天晚上,我把要去长谷的想法告诉了准备一起打高尔夫球的H先生,H先生不无遗憾地嘟囔道:

"明天天气晴朗,打高尔夫球多好啊。"

"高尔夫球什么时候都能打嘛!"

舍弃打高尔夫球,去看名花最盛时期的寺院,是风流心使然,还是为好奇心所驱动呢?

说实话,即使打高尔夫球的计划取消了,也不再像过去那样遗憾得不得了。这是确确实实的。

早晨九点多钟离开旅馆,乘近铁①的特快列车去往八木,在那里再换乘慢车到长谷寺。这样做,行程出乎预料地便捷。

过去,寺院这一带被称为丰初濑,院墙后面有初濑山。长谷之名当然是取自于初濑,却又为何单称长谷呢?可能是发音相同,但文字还是直书"长濑"漂亮些。

从车站到山门的参拜道路上,排列着很多特产店,出售馒头、羊羹和各种腌山菜,以及当地的蔓草、挂面、牡丹等名产。

"请品尝一下!"店员会招呼过路的行人,并劝说:"请回家时带一点儿!"有的还叮嘱:"下回来别忘了这家店啊!"

我吃了馒头和腌木耳,便沿着一点五公里的参拜道路悠闲地漫

---

① 近铁:日本私营铁路公司"近畿日本铁道"的简称。

步。黄金周之前行人还很少，天气既不热也不冷，也没有汽车穿行，安静比什么都好。

长谷寺作为真言宗丰山派的总寺院而闻名，并作为牡丹之寺受到人们的喜爱。

进入山门，可以看到从登廊两侧一直到僧房，种植着一百五十种牡丹，约有七千株。

颜色从深红到胭脂红，粉、白、紫、黄应有尽有，可谓五彩缤纷、姹紫嫣红，让人目不暇接。

这种花别名叫"富贵草""花之王"，确实雍容华贵。

耳畔隐约响起了木下利玄①的"牡丹花开放，笃定而静谧，堂堂富贵草，不愧花之王"这首和歌。

确实，灿烂盛开的牡丹傲然挺立，令人心生崇敬。

同去的R君嘟囔道：看得真入迷！

"这是花的金鱼啊。"

应算是巧妙的比喻。

继而从长谷寺乘出租车前往室生寺。

从近铁的室生口站附近沿着室生川的溪流上溯六千米，就到了居于山坳的室生寺。这里地处深山，游人骤减。

但是我挺喜欢这个寺院。据说，寺院创建者是奈良末期的高僧贤

---

① 木下利玄（1886-1925）：日本和歌诗人，生于冈山。

璟,寺院为柳杉树丛所环绕,院内充斥着密教式的氛围,崇严而平静。

如果把长谷寺喻为奢侈而华丽的寺院,那么室生寺则是个宁静而隐秘的寺院。

两个寺院分别栽植的是牡丹和石楠,各具有象征意义。

与雍容华贵的牡丹相比,石楠花色淡红,形状小巧,多个花朵串聚集在一起,显得很腼腆。

花儿沐浴着春光开得很灿烂,但让人觉得有些拘谨,也可以慰藉看花人的心。

本来,室生寺就被戏称为"女人高野",因为很多寺院都禁止女人进入,这里很早就允许女性往来。

可能是这个缘故,从寺院的模样到石阶的宽窄都是女性式的,很优雅。五重塔总高只有十七米,作为室外之塔,应是最小的,其坡度也不大,红色的柱子和平圆的白壁搭配得极好,与其说是庄严,莫如说是可爱。

用天然石头砌成的层阶周围长满了石楠花,其后密生着古杉树,有的地方像遗迹一般地开着山樱花。

在这里找不到任何夸赞行人存在的东西。

佛像不用说,正殿、五重塔,以及环绕这些景物的石楠等绿植都清静而谦恭。

伫立在这种静谧之中,政治要闻仿佛是遥远的另一个世界的事情。

过了下午两点,觉得肚子饿了,我决定去位于伊贺上野①的"金谷"就餐。

近来在东京吃的牛排都很清淡,似乎都脱了脂,不是冷冻的,但价格贵,不好吃。

有的牛排店只靠厨师的厨艺吸引顾客,与其这样,不如提供上好的肉料。

有人说,要想得到好牛肉,就要让牛喝啤酒。这样的事情似乎没太有意义,肉的好坏在于牛的喂养和肉的保存。

对于牛肉的品质,只要是金谷的肉,那就不用怀疑。

汽车飞奔一小时,到了"金谷",我吃了一份肉片、牛排和鸡素烧。

肉菜量不是多么大,调味也很简单,但味道好且价格便宜,令人高兴。

此后乘车离开金谷,隔着水田眺望着远方的上野之城奔向名古屋,再乘新干线回到东京,到时已是夜里九点了。

本打算直接回家,但是瞅了瞅八重洲口的霓虹灯,又决定去银座,顺便去"葡萄屋"和"葡萄柚"。

最后往家走已经十二点半了。

这匆忙的一天应该说是有意义,还是应该说没有意义呢?不管怎样,漫长的一天就这样结束了。

---

① 伊贺上野:地名,位于三重县西部。

黄金周

今年的黄金周期间，约有三十六万人去海外旅游，国内住宿一夜以上的旅行人数，好像也有一千万以上。

陪伴家人或游人提着行李出发的熙熙攘攘的景象，或许是日本独有的，场面如同民族大迁徙。

人们争相外出旅游，引得身边人蠢蠢欲动，似乎只有自己还没乘车外出，继而急急忙忙地出行。

这是从众心理在起作用，小混乱或许会引起更大的混乱。

细细算来，旅行海外的三十六万人不是很大的数目。

日本的总人口有一亿两千万之多，平均三百五十个人中才有一个人出国旅游。

连百分之一也算不上，百分之零点三，可以说微乎其微。

当然，全国总人口中包括孩子、老人及病人等，去除这些人口，出国旅游人数也不足百分之零点五。

绝大多数去海外旅行的人是单身女青年。这些人集中在正月、黄金周或盂兰盆节期间外出,有的人一年出行两次。

除去这些单身女人的话,一般人出行比率还要低。黄金周去海外的人仅仅是很少一部分。

这个假期,我周围的男性没有一个人去海外。有家庭的不用说,单身的男人也待在国内。

可能是男子汉们平时总爱把零花钱花在喝酒上,没有一笔可观的费用带着家属去海外。

然而,单身女青年们对海外旅游的热情,不仅没有降温,而且愈加升温。

可能是单身女性的工资增加了,又有自由支配的便利,或许也有某种顾虑:如果不趁现在去,结了婚就去不了啦。

然而,去海外的女青年成群结队,就显得清一色,很单调。

明确地说,不只是女青年,银座的中年女性们也热衷于去海外。据我了解,每三个人中就有一个人去海外度连休假。

其主要理由是"那样便宜"。也有女性说:"一直待在日本,显得很惨淡。"

这些人好像是靠虚荣出行,而作为一个常常付费饮酒的男人来说,很难说出行是件愉快的事。

去外国观光,名声好听,但看到那些提着行李、满面倦容、簇拥在杂乱的车站、机场等车候机的人们,反倒感觉贫穷有时优于富有。

不言而喻,我的黄金周都在东京度过。

正月休假或盂兰盆节休假都不外出。

这些连休期间的东京街头,车少人稀,街上变得安静,呈现了东京过去的面貌。

虽说是连休,我却不能像工薪阶层那样停止工作,如果说理所应当,那就是理所应当。

现在所写的本文稿不用说,包括杂志上正在连载的小说、其他的随笔或对谈都要正常地进行。

这也许是题外的话,连休期间各种晚报基本都休刊,平时的星期天也休刊,一年算下来,大约会停六十天。

突然说起这事来,是因为现在我正在日报上写连载。

现在也是一边想着晚报今日休刊,一边写好一篇文章备用。

总之,与出版等媒体相关的工作在连休或周日都不能停下来。

尽管如此,之前我听到连休期间外出旅游人群的吵嚷,也沉不住气。特别是晴朗之日,一个人待在书斋里,就觉得好像是被遗弃了一样。

现在好了,无论天气多么晴朗,我都会一味地待在家里。工作之余,再看看电视或读读书,消磨一下时光。

这种时候,最大的快乐是听到某地交通拥堵的消息。

前几天,即三号早晨,东名高速公路的下行线堵塞了八十公里,直升机从公路上方拍下了车辆绵延不绝且寸步难移的实况。

而且电视上不断播出累得精疲力尽的人们从新干线车站出口涌

出的画面。

每当看到这些,我就宽慰自己:"幸亏哪儿也没去,堵车堵得太好啦!"

我渐渐变成了一个心眼很坏的大叔。

坏话只是说说而已。难道整个国家五月初都可以这样休息吗?

政府得意洋洋地宣布增加了国民的节日,其实并没有因此而减少工作量。虽有不少短时间连休,被工作追逼的人根本不可能休息。与其增加连休次数,还不如让人适时享受有薪休假呢。

总之,我不喜欢"黄金周"这个词。

虽然叫黄金周,但看到这期间的杂乱无章,觉得远远达不到"黄金"之说。当然,要是从需要钱这种意义上叫"黄金周",那倒容易理解。

何况,能在黄金周旅游的地方只是关东以西,从东北到北海道天气还冷飕飕的,根本不利于出行。

札幌的樱花在五月中旬开,目前还远远达不到"薰风微拂"的意境。

记得十五六年前的今天,到阿寒湖一看,湖上结着冰,山体的表面还有雪。

札幌也曾经在这个时段下过雪。

不能仅凭东京周围的情况就叫黄金周。

不管怎样,几乎所有的国民一齐休息近十天,总觉得有些异常,让人不习惯。

试映会

拙作《樱花树下》被东映①改编成了电影,昨天首次举行试映式。

我一直认为小说和影视剧是完全不同的东西。

当同意拙作被改编成电影或电视剧时,就好像是把原作给送出去做"养子"了,好也罢不好也罢,都跟自己无关了。

简单地说,好与不好就是"养父母家"培养与教育的问题了。

也许"与己无关"是过于冷酷的说法,如果自己对电影或电视剧的质量都去做通盘考虑的话,那就没法安安稳稳地创作下一部小说了。

如果真的拘泥于影视剧,就容易去干预从剧本改编到演出再到拍摄的全过程,适当地划清界限是自卫之策。

我一直秉持这种态度,所以对电影或电视剧的质量缺少关心。也只有这样,我才能沉得住气。这样的例子有很多。

尽管如此,说实话,我对电影或电视剧的质量并非漠不关心。

---

① 东映:日本电影公司,全称为"东映株式会社"。

虽说那是送出去的"养子",但毕竟是自己"亲生"的。说完全不关心,那就太没有人情味了。

被搬上银屏的原作最能够使我欣慰的,是十五六年前根据小说《无影灯》改编的片名叫《白影》的电视剧。

这部电视剧每周播放一个小时,连播了十二周。主演是已故的田宫二郎先生,参演的有山本阳子女士和中野良子女士。当时田宫先生还健在,可见这部剧作有多久远。

人们常说,左右映像质量的"首先是剧本",这个剧本描写的是仓本聪先生年轻时的故事,质量上乘。

这部电视剧曾轰动一时。此后,田宫先生连续参演了《白色跑道》系列作品。

这是题外话。后来,《无影灯》按原名重拍,时长两小时,由完全不同的演员演绎,作品成了平庸之作。

包括《无影灯》在内,我相当多的作品被改编为电影或电视剧,但说实话,能让我感到很满意的基本没有。有的影视作品甚至想让人哭:怎么成了这个样子呢?

这几年,我的不少作品被东映拍成电影。我了解制片方的努力和热忱,但还是有点难以理解。

首先感到不满的,是这些影视作品的裸体场面过多,完全超出了剧情需要。

因为作品主题是成年男女关系的事,确实需要性爱的场面,但相关情节太多太长。

无论是《一片雪》还是《化身》,性爱场面接连不断,看着让人生厌。

未必每一个场面都需要性的展示。

当然原作也有性爱的描述,我写这种场面时,感到特别劳神。

男女亲密接触的场面本来就包含着原始的性活动,但写文章必须要正视,要透明且有清洁感。

如果写床上的故事,让人浮想联翩并昏昏然,一切就会崩溃。

这种场面,我写的是性爱,而不是色情和淫秽。

性爱是只有人类才具有的高级精神感受,也是文学不变的主题。

当然,性爱和色情界线模糊,较难分辨。

前面提到过的影视作品中,令人遗憾的是接近色情的场面太多了。

为何色情场面要展露那么多呢?可能与影视公司的经济意向或导演对原作的重新思考有关,进一步说,是收益和票房的问题。

不能忽略还有这种简单的算计:只要裸体场面多,就会引起各种报纸杂志议论,能轻而易举地得到广泛宣传。

对于这一点,我多次表示过不满,在剪辑制作阶段总提出严格要求,期待着能够逐步改善。但遗憾得很,结果仍令人失望。

唯有这次试映的《樱花树下》的质量令人欣慰。一句话,从编剧、导演到演员都相当出色。夸奖自己原作改编的电影,也许有点王婆卖瓜,但是唯有这次是真的信服了。

"把本来较差的'养子'培养得这么好!"我第一次想要向"养父母家"道谢。

当然是多亏了导演鹰森立一先生和摄影师林淳一郎先生。

还有出品方三堀、濑户两位制片人的努力。从美工、服装到大小道具,都布置得周密和井然。

音乐创作也挺好,新颖和谐且有余韵。创作者小六礼次郎这个人,我还不认识。

再是演员优秀,津川先生理智、好色并略带悲伤的演出真是出类拔萃,岩下志麻女士富有感染力的演技也十分出色。

虽然也有性爱场面,但具有说服力,散发出我所希望的性爱的芬芳。原作者说这样的话也许不太合适,但确实是最近的一部杰作。

扮演女儿的七濑奈津美小姐虽然是初露锋芒,但完全看不出是新手,在剧中展现出了她既大胆又细腻的特点,出色地担纲了重要角色。

当初在甄选会上,她看着很平凡,却隐约透露出闪光之处,她也是凭这一点入选的,当然也有导演的挖掘,其闪光之处得到了巧妙地发挥。

这部电影的另一个主角——樱,确实既漂亮又妖艳。

另外,二谷英明[1]先生、十朱幸代[2]女士、久保菜随子[3]女士、野坂昭

---

[1] 二谷英明(1930-2012):日本电影演员,生于京都。
[2] 十朱幸代:日本电影演员,1942年生于东京。
[3] 久保菜随子:日本电影演员,本名久保忠子,1932年生于东京。

如④先生等都在重要情节中出现，满足了观众的胃口。

其中野坂先生扮演的作家，起初让我来表演，虽说我自己本身就是作家，但因在唱歌和表演方面没有任何才能，要是真出镜的话，就会断送掉这部影片。

因而才邀请了作家中最有演技的野坂先生担纲。

"我原先是医生，要是扮演尸体的话，也许还行……"我这么一说，把岩下女士逗笑了。

"那个角色不能眨巴眼睛，喉核也不能动，也不是很好演。"

看来我什么角色也演不了，在一旁挑毛病还说得过去。

---

④ 野坂昭如（1930—2015）：日本作家、词作家、演员、政治家，生于神奈川县。

巴黎的旅馆

我为了某个杂志的采访工作,来到巴黎。

当下的巴黎天气阴沉,温度也有些低,黄昏的塞纳河懒洋洋的。市中心在堵车。一流的旅馆里住的尽是日本人。

现在日元升值,去海外旅游是件划算的事情,而让人忧心的是,出入这些一流旅馆的日本人的服装。

那些穿着牛仔裤和T恤衫、披着毛衣或粗糙夹克衫的日本男女青年正挤在前厅里。

说到体形,我并没有自信。如果同我一样身材矮小、姿态不雅的年轻人再打扮得邋里邋遢的话,连自己人看到都会郁郁不乐。

当然,这些人自以为穿戴很讲究,仔细看材质的话,价格似乎很昂贵。

然而并不是只要价格贵就行。

近来"克里永"或"里兹"这类超一流旅馆开始接受日本的团客,在这样的地方出入,应该穿得整齐一些。

我认为这样的事情是常识。穿着T恤衫或牛仔裤的日本青年，在穿着晚礼服的男士和打扮得优雅端庄的淑女身旁冒冒失失地走动，有点太不礼貌了。

即使是在日本的一流旅馆，也应该加以注意。

何况欧洲的一流旅馆是非常讲究礼仪的地方。在没有等级限制的日本长大的年轻人，也许不了解这方面的规矩。

如果不喜欢整齐的装扮或者自身做不到优雅的话，从一开始就不应该住在这种旅馆里。

适合穿着粗糙的牛仔裤或T恤衫的游客居住的旅馆，也多的是。

如果说有钱爱住哪儿住哪儿，那跟一般的暴发户没有区别啦。

也不是为了避见这种现象，我这次在圣日耳曼附近的一家旧而小的旅馆里住下了。

这家旅馆与其他建筑沿街排成一排，如果不细看"旅馆"这一招牌，就会被忽略。

靠近旅馆门口的账房里有一位女子，负责接待客人和结账。据说这家旅馆建成于十九世纪初，距今已有近二百年的历史。

说实话，我不太喜欢这种古老的旅馆。

其房间内的装饰和家具似乎有古玩般的价值，但椅子很硬，坐着不舒服，床的周围有些花里胡哨的装饰和肖像画，显得不稳重。墙壁、绒毯都印有花卉图案，有档次较低的宫殿味道。

进了房间，感到有点忧郁，再换地方也来不及了。这家旅馆是家居巴黎的 K 先生推荐的。

我死了心,在和同行的 S 先生交谈的过程中,转身进了洗手间。

解完手之后,想要出来时,门却打不开了。

可能是旧旅馆的缘故,洗手间不是单扇门,而是左右对开的双扇门,好像一关门就会锁住。

这门锁怎么也打不开了。

没办法,我只好用手叩门,请待在房间里的两个人过来帮忙,两人折腾了半天,仍然打不开。

这样一来,只好让他们跟前台联系,负责客房的服务员来到,总算把门打开了。事后回想这事,感到毛骨悚然。

要是当时房间里没人的话,我岂不是整夜困在狭小的洗手间里?

即使有人来叩响房门,或者有人打来电话,也无法得到解脱。

如果长时间被困在那个空间狭小、只有灯光明亮的地方,也许会因喘不上气来而昏死过去。

即使是在巴黎遇难,若是因被困在旅馆的洗手间里而遇难的,那也太不成样子了。

话说回来,这儿洗手间的门锁的确是玄妙的装置。

普通的门锁是转动打开或左右拉开,这儿的锁却要斜着向上推。锁的周围锈迹斑斑,一点也不好使,所以才如此糟糕。

这么说吧,一般在日本开锁都是顺时针转动,而在欧洲多是逆时针转动,包括卫生纸的转动也刚好与日本相反。

总之,这家古老的旅馆显得既陈旧又可怕。

并不是我遭遇了危险才这样说,好在旅馆还是明亮而整洁的,具备美国式的基本功能且便宜。

洗手间门锁带来的烦恼尚未消散,我们接着去了离圣奥诺雷很近的著名西餐馆。

说实话,我不太喜欢法国餐,但这样安排,能满足从洗手间里救我出来的 S 先生的愿望。

原以为餐馆会供给很浓的沙司,结果却出乎意料地清淡。

这顿饭整体上味道清淡,有像切生鱼片那样切成薄片的生鱼和蔬菜,蘸着日本式调味汁的沙拉吃。其他的菜也很清淡,好像用的是日本的调料。

仔细瞅瞅,菜的形状和排列方式也蛮漂亮,可以体味到"让用眼睛看"的日本式的关照。

之前听说采用日餐特征的"新法国餐(新烹饪法)"不再时兴了,好像巴黎一带却风头正劲。

当然,这与其说是日本的厨师长们的功绩,莫如说日本人培育的日餐品位总算在国际上得到了承认。

不想说这样的事儿,是因为最近在日本兴起美食家热,擅长法国餐的著名厨师长当中有人过于骄傲。

总之,好像今晚用不着再要茶泡饭,就能静静地睡着。

在柏林

我去过德国几次,但这是第一次进柏林。

不容置疑,对于我这个年龄的人来说,柏林是个令人难以忘怀的名城。

在第二次世界大战中,日德意结成三国联盟,与中英美法等联合国军开战。

当时德国的首府就是柏林,我那时还是个小学生。"发自柏林"这个词一直萦绕在耳边。

从平面地图上能清楚地看到,西柏林是在东德疆土上凸出的一块陆地。基本为东德所建的柏林墙所包围。

而站在相反角度看,西柏林对于东德阵营而言,就像"眼中钉"一样。

在无线电波被广泛利用的时代,西柏林所宣传的东西很快便流入东德。

东西两方都觉得柏林墙碍事而需要警惕,二战以后这种状态持续了四十几年。

其实，从西边进柏林很简单。

引起世人瞩目的东西部之间的墙，从西柏林机场启程，用不了三十分钟就能到达。

驱车沿着两侧被深绿笼罩的宽阔的大道疾驶，道路前方突然会呈现一堵像截路机一样横亘的墙。

初次看到这堵墙的印象是它出人意料地矮。

被截断的公路两侧有铁管箭楼，登上箭楼，就能看到前方的东德，连站岗的东德兵和街上的行人都看得一清二楚。

我去的时候，碰巧有个东德的中年妇女正站在墙上呼喊什么。

据带路的人说，她正在责问如何拆除墙壁，倡导东德建议的做法。

好像默许在墙上进行这种示威活动的，仅限于从西柏林一侧。

随便爬上墙不用说，从墙的两边各二十米就列为禁区，这个人显然是侵犯边境。

西柏林警察正在盯着，等她从墙上下来就逮住她。夹杂着不少游客的人群也都在观望。

我想：她到底会怎样做呢？就在这时，她突然喊了一声，很快下到了东德一侧。

伴随着人们的喧嚷声，女性的身影不见了。而在墙的另一侧，她被赶来的东德兵架住两腋强行拉走了。

当然，这也可能是有思想准备的抗议。不管怎样，都是大胆的行动。

好像这一事件当晚就在西柏林进行了大张旗鼓的报道,而东柏林的市民没有得到相关信息。

柏林墙的北侧有条宽五六米的河,河边遍布着铁丝网。

从东德逃跑过来的人必须游过这条河。

今年春天有三个越境者,其中两人安全地游过了边界,另一人在相差几米处被乱枪打死了。

河这边的树丛中还竖立着刻有此人名字的白色十字架。这算时间最近的牺牲者,旁边依次排列着白漆开始脱落的另外十几个十字架。这些人的尸体都被东德收回了,只立有碑架作纪念。

东西柏林被分隔以后,东部有些人策划逃往西边。

有的通过挖地道,有的自制轻型飞机或氢气球,还有的从楼顶跨越带钩的阻拦网等等,很多方法都试过。

在东西柏林的分界线附近,有展示楼顶跨越方法的大楼。

这些人的执着理念和拼命精神,是当今处于和平环境的日本人所无法想象的。

日本人只要有签证,就能从西柏林进入东柏林。

然而,过境会被盘问,而且很严厉,要花相当长的时间。我们前面只有五辆车,过了近半个钟头,还有一辆车停在前面。

与西柏林比,东柏林车辆和人都稀少,有整个城市都在屏息不出声的感觉。

回想一下过去的日本,也曾禁锢人们的思想。

街上到处聚集着军人,有的地方强制人鞠躬,各处都禁止拍照。物资也匮乏,一切都是配给制,购物都得排长队。

可能因为当年我是孩子的缘故,没有什么紧张感,也有很多人精力充沛地生活。

待在东德的日本贸易公司职员或学生,好像很受欢迎。

德国与素汤面

在东德,从东柏林驾车朝东北方向走将近一小时,有个叫萨克森豪森的城市。

这一带是作为东柏林的郊区住宅带而发展起来的,有着高大的欧洲七叶树、洋槐树成荫的宽阔大道,新的住宅星罗棋布。

乍一看,这是个平淡无奇的乡下城市,其实这儿曾有过仅次于"奥斯维辛集中营"的"萨克森豪森集中营"。

在北德、波兰等地被逮捕的犹太人历经长达二百公里的行进之后,被关进这座集中营,尔后被扒掉衣服送进毒气室。

这个可恶的集中营遗址被高墙所环绕,现在仍然能看到概貌。

我访问之时已经过了关门的下午五点,门口的管理员听说是日本来的,特意给开了门。

只见里边杂草丛生,有两栋木结构的比较狭长的收容楼房。

里面展示着纳粹党卫军进行人体试验的一组照片和手术器械,还有被解剖人的头发和牙齿等。

集中营的其他多座楼宇因年久腐朽已被拆除，所在的空地上只保留了刻着楼号的四角石柱。

四角石柱大约有三四十条，半截被埋进冷风吹拂的杂草之中。

再抬头放眼望去，在绵延的水泥墙旁还立有几根柱子以及遮盖物。

脚下是毒气室遗址，依次是被残杀者最后进入的浴室、诊察室和停尸房等。

还有两辆生了锈的手推车，被弃置一旁。据介绍是运送尸体去焚烧用的。

集中营水泥墙的四周有几个监视塔，只对内开口。

不言而喻，这里并不担心从外面受到攻击，只对关在里面的犹太人进行监视和控制。

据说，在这个集中营内大约有五千人被杀害。

离开东德之后，前往匈牙利的布达佩斯。

布达佩斯给人一种社会平稳的感觉。

特别是布达佩斯被誉为"多瑙河的珍珠"，是一座美丽而洁静的城市。

从我们居住的旅馆里可以隔着多瑙河眺望王宫、寺院和国会大厦，那儿浓绿成荫，好像还停留在中世纪。

在这家旅馆雅致的休息厅里，我做了一下旋转运动，继而发现有个小孩趴在地上。

起初纳闷是哪儿的恶小鬼，原来是个日本小孩。

他的父母正在和前台服务员说话,一直没管孩子。父母都知道孩子行为的不当,却不去提醒。

毫无办法,我便靠过去嚷道:

"喂,不许在这样的地方胡闹!"

在远离日本的异国听到有人说日语,孩子好像感到很惊讶。他满脸不解地看了我一会儿,便沮丧地跑到父母那里去了。

和德国的孩子相比,日本的孩子家教太差。

德国的孩子与狗,在哪里见到都很文弱,干干净净的。将人与狗相提并论也许不合适,但他们有时蜷缩成一团,让人觉得可怜。

与之相比,日本的孩子是多么娇惯啊!

从小时候起,不,正是因为小,德国的孩子才被详尽地灌输公众道德。

据说,德国的孩子很想脱离这种严格的管教而早日成为大人。

相反,日本的孩子被恣意娇惯,时时处处只为自己打算,永远想当孩子,不想当大人。

再后来,我又从布达佩斯转移到维也纳,感觉松了口气。

在旅馆休息了片刻,接着乘车进入市区,在街道的正面能看到苏联士兵的塑像。因为第二次世界大战时,这座城市曾被苏军占领,塑像是为纪念而建造的。

这次旅行途中,还偶然看到了日本周刊杂志,上面登着"一碗素汤面"的童话故事。

我觉得那是创作意图太过露骨的无聊故事,但据说这儿的人看到这个故事都会流泪，连有教养的人都被深深感动了。

  在日本，连大人都不知不觉地成为孩子啦。在这东西冷战的鼎盛时期，因日本人莫名其妙地过于天真，而显得很幼稚。

金字塔要诉说

之前去过两次西非,这是初次去东非的埃及。

临行前就听说埃及很热,亲身感受的温度胜于耳闻,下午阳光最毒时气温近四十摄氏度。

因为空气干燥,体感温度不是多么高,但是露出皮肤来,就晒得火辣辣地疼。在这紫外线强烈的地方,反倒是用布料遮盖着皮肤舒适些。

开罗有七百万人口,是尼罗河沿岸最大的城市,这里贫富差距特别明显,一边是鳞次栉比的现代化高楼大厦和宽阔马路,一边是杂乱无章且低矮的蜗居民房和破旧街道。

我在这里受到三井物产高桥副总裁的照顾。

当下日本的贸易公司世界第一,在全球的各个角落都拥有营业场所。JAL不用说,要比大使馆或公使馆分布得更多,旅游代理店的分店也比比皆是。

据说,仅三井物产就有一百五十处海外分公司和营业场所。

从分布图上看到分散在世界各地的分支机构符号,在感到惊讶的同时，却操起与己无关的心来：这么多网点。要是在某网点任职的某人，被遗忘了怎么办？

跟高桥先生说起这事儿，把他给逗笑了。

埃及最招揽游客的地方当然是金字塔。

原以为金字塔是在遥远的沙漠深处，实际上三座金字塔离开罗市区并不远。与其说是在开罗的郊区，莫如说是处于大街上的房屋中断处。

有点让人失望，听说是大街扩展到了那里。

据说在半年之前，金字塔周围还聚集着骑骆驼的奸商和乞丐，地上到处是空罐或纸屑。现在乞丐已销声匿迹，骑骆驼的商人也老实了，还有保洁员在四周来回巡逻。

可能最近就任的旅游大臣是个很严厉的人，他清除了恶化环境的诸多因素。

走近金字塔，感到塔身确实宏伟，有威压感。

从正下方向上看，其给人一种巍然耸立的感觉，最靠近前的胡夫王金字塔高一百四十米，堆积着二百三十万块一立方米的巨石。

据说当初建造金字塔时，这些巨石表面就已经很光滑了。可能砌筑到塔尖时，建造者有站在大坡度屋顶上的那种感觉吧。

在砌石和建造大斜面的过程中，究竟会有多少人负伤或死亡呢？

在人类的若干文化遗产中，都渗透着奴隶或建造者的血和泪。

现在只有第二金字塔——卡夫拉王塔内部向游人开放，可进到里面去。

从勉勉强强能通过一个人的入口进去,再弯着腰,沿着狭窄且陡峭的通道往下走,走一段路再往上爬,好不容易才到达金字塔中央的房间(玄室)。

然而,这玄室只不过是个不足二十坪的为白石所环绕的洞穴,里边什么也没有。

据说,过去这里曾有卡夫拉王的卧棺,同时收藏着数不胜数的宝物。

为何说数不胜数呢?因为连十八岁就去世的图坦卡蒙王的金字塔里都埋藏着纯金制的三层人形棺、黄金面罩、镶着纯金或宝石的装饰品以及家具等一千七百多件。富有威势的卡夫拉王的金字塔里隐藏了多少宝物呢?凭空想象就令人恍惚。

当然,金字塔的历史同时也是被盗掘的历史。当金字塔被从沙中挖出时,里面的财宝基本上都被盗走了。

无从知晓是谁在何时盗掘的,只有建造金字塔的人才知道那巨大石山的秘密入口。

如果是这样,就是那些被强行严酷劳动的人为了追寻补偿,过后一点一点地慢慢把宝物盗走啦。

这是从平民那里榨取的财物回归到平民那里,也算回到了适当的地方。但是这一切是否真的那么顺畅呢?

胡夫王金字塔的底部有盗贼们挖的洞,可能他们后来才知道有预留的入口。

利欲熏心的人投入莫大的金钱和劳力去挖洞,足以表现出人的贪欲之强烈和枉费心机的徒劳。

好像从十八世纪起,才正式进行金字塔的挖掘。欧洲探险队到来之后,拿走了相当多的宝物。

现在英国等几个国家的博物馆里所收藏的埃及的宝物就是这些东西。

堂而皇之地展示盗来的赃物,是这些国家厚颜无耻、刚愎自用的表现。

晚上,当地人进行文艺表演,他们在沙漠中用五光十色的探照灯映照金字塔和狮身人面像,借助狮身人面像的嘴,诉说古代埃及的历史和典故。

一时间,灯光和语音把人们带回到了五千年前,但使用人造灯光和扩音设备来引人耳目毕竟是邪门歪道。

要是想在晚上看金字塔,应该像古代人那样,在星空下慢慢瞻仰。

傍晚时分,大漠尽头夕阳西下,更能映衬出金字塔的庄严和美丽。而夜色沉沉的星空之下,金字塔则显得孤独且静谧,产生悲凉之感。

古代的人看到它,可能会考虑恒久、未来和重生吧。

保留在开罗考古学博物馆的遗物和各处遗迹中的壁画,都活生生地展现着古人在这里的日常生活。

尽管有的壁画颜色脱落,也有的部分坍塌了,但仍然可以清楚地了解古人的智慧和充满好奇心的生活。

与古人的创意和能量相比,我们只是在因循现代文明而无所作为。

附带说一下,据说现代的埃及人和建造金字塔的古人并非同宗同族,而是毫无关系的另外一个民族。

现代的个人能力与五千年前相比,基本上没有变化。不,在一些人看来,也许有些退化了。

不说话的金字塔会向我们诉说历史上各种各样的事情。

强运堂,行进在肯尼亚

我以前曾被城山三郎①先生取过一个叫"强运堂"的绰号。

我有几次和城山先生一起去参加海外的讲演旅行,而且每次都一起欣赏高尔夫。

城山先生打高尔夫自成一格并固守程式,但水平不低。

他看过我打高尔夫,说我运气好。

打比方说,我的球大大地偏向右方,觉得快不行了,却巧妙地碰到树上,再掉在球道上。还有的球飞过了头,以为会被前方的五号球杆截住,眼看要到时却慢慢停住了。有的球还会掠过池子水面,飞到对岸。

他是看到这些情况才给我起的绰号,我却认为不一定靠运气。

运气也要靠实力支撑,运气也不会接连不断。再说我不走运的时候,感觉别人打高尔夫也挺走运。

---

① 城山三郎(1927-2007):日本著名作家,经济小说的开拓者,本名杉浦英一。

不过,打高尔夫的技能若处于发展时期,往往会走运。我在七八年前,正是发展时期,经常和城山先生一起挥杆竞技,被他称为"强运堂"也没办法。

前段时间,伴随着没有长进的技能,运气完全消失,岂止不是"强运堂",叫"弱运堂"更为恰当。

最近运气好像又在我身上复活了。

隔了好久才有这一次走运的旅行,不禁回想起了被称作"强运堂"的日子。

这次旅游是去肯尼亚。

真实地感受到"强运堂"的开始,是从开罗乘飞机去内罗毕。

预订的是"埃及航空"夜里十二点起飞的航班,当地的人们听到这个时段飞行,皱起了眉头。

"埃及航空吗……"

因为埃及航空正点起飞是极为少见的,经常晚一两个小时,晚四五个小时也不稀罕。

我们乘坐的又是夜航班机。

要是在深夜晚点四五个小时,再花六个小时到内罗毕,那是不得了的。

"我觉得还是走别的航线好。"开罗的朋友劝告我说。

听到这句话,一种不快的情绪笼罩了我的心扉。

距今十几年以前,我曾打算从东非的加纳去内罗毕,故先去了象牙海岸。

本来应该从这里转机,却因纽约下大雪致航线停运。

只好乘夜航班机回巴黎,还须在机场等上半天。

说是半天,约有近十个小时。这时间在白天显得有点太过漫长。

在从候机楼眺望外部世界的过程中,我有点忍不住了,明明知道转机没办签证,却从机场溜了出来,跑到外面的街上观光和吃饭,还借旅馆休息了一会儿。

能有效地利用了空闲时间,我非常高兴,但回到机场时,却被警察抓住了。

当时,角川书店的F君和我在一起,我们被关进了白色墙壁的审讯室,无论我们怎样用蹩脚的英语拼命地解释,也得不到宽恕。

正在遇到麻烦之时,我偶然发现挎包里装有我的两本文库本作品。

我拿出书来让他们看,证实自己是写这本书的日本作家。然后提议:我执笔把他们的名字签到书上面,书送他们。

对于他们来说,日本文字肯定不认识,也可能是第一次看到日本书籍。他们一边很稀奇地瞅着书,一边问我:这书什么内容?

"是很有趣、很精彩的男女之间的风流韵事。"

在此之前或自此以后,我从未像此刻这样夸奖自己写的书。

他们听我这么说,表示理解了,最后露出笑脸和我们握手,说:"再见!"让我们走了。

就这样,我们顺利地回到了巴黎,但肯尼亚没去成。

当下之所以听到埃及航空公司就心情沉重,原因是担心重蹈覆辙。

令人称奇的是,这班飞机正点起飞了。

对此,与其说是钦佩,莫如说是感动。

高兴之余又突感不安:这么准时起飞,会不会在哪儿出现故障或事故呢?

然而,结局令人欢欣鼓舞,航班又准时到达了内罗毕。对此,前去接机的人也感到惊讶。

我赶紧给在开罗劝告我的朋友打电话。

"完全按照预定时间顺利到达了。"

听到我的报告,他有点怀疑地嘟囔道:

"奇怪啊,那是埃及航空吗?"

"强运堂"的旅游由此开始了。

我先在内罗毕住了一宿,次日早晨前往马萨伊马拉国立公园,进园即看到二十几头狮子前去捕猎。

它们从我所乘坐的旅游专用车旁经过,幼狮被夹在狮群中间悠闲地慢慢行进。

接着又与一百多头大象擦肩而过,后来则遇到几只长颈鹿和水牛群。当然,羚羊、牛羚、斑马和狒狒等动物就不用说了。

最有眼缘的是遇到了在相距不到五米的树上贪睡的非洲豹。

有人说,在肯尼亚住了十多年,一次也没看到过豹子,而我在到后第二天就看到了。

第二天去象牙国立公园时,还碰巧观赏到了据说观赏概率仅为十分之一的基利曼迦罗山的雄姿。

这个时期因为雨季结束,草会长高,不适合游猎的远征旅行,能遇到这么多的动物也是罕见的。

这不叫强运,又叫什么呢?

打高尔夫虽然不行,但是隔了好久的"强运堂"的确又复活了。

都不得了

为何狮子或豹子这样的猛兽不栖息在温带原始森林,而要待在热带草原呢？一直觉得不可思议。

这次去肯尼亚看了看,才明白了缘由。

缘由很简单：草原上有他们喜欢的东西——瞪羚和斑马。

动物聚集在有饵食的地方是自然之理。

羚羊、斑马、牛羚这类食草动物是不可能栖息在原始森林里的。在晴天朗日光照依然微弱的密林中,没有它们喜欢吃的东西——茂密的嫩草,没草吃是活不下去的。

食草动物因食物栖息在草原,狮子和豹子等食肉动物也为了食物而聚集到那里,鬣狗群也会靠近。这就形成了一条生态链。

在这些动物当中,我曾单纯地认为被誉为百兽之王的狮子最强,豹子和猎豹次之,斑马和羚羊最弱。特别同情像羔羊般的羚羊,它们总是战战兢兢地流窜饮食。

而实际上,草原的状况并非如此。

看了各种动物后,我的感想是,狮子、豹子、大象、斑马、羚羊谁都不得了。

为了活下去,它们各自都在拼命地坚持着、努力着。

先说说狮子,这家伙奔跑起来速度相对较慢,要是和羚羊赛跑,绝对赢不过人家。

有时候,它们无论怎么用力追赶都捉不住羚羊,只能气喘吁吁地趴在地上。

当然,羚羊也了解这种情况,只要狮子不在近前,隔着四五十米的距离仍悠悠地吃草。

大概这种间隔是狮子猛然袭来也可以迅速逃脱的安全距离吧。只要保持这一距离,即使同时起跑,还是羚羊跑得快,不用担心被捕食。

羚羊一边在和风中低头吃草,一边抬头张望,似乎在问询潜藏在草丛中的狮子:"你要追过来吗?"

此时此刻,狮子猛劲儿地追过来,是没有胜算的,所以只能考虑智取。

先是几头狮子合成包围圈,一头狮子瞄准一只最羸弱的羚羊,从潜藏的草丛中一跃而出,一个劲儿地追赶,直至将其赶进狮群设定的包围圈。

尽管如此,捕获的成功率也不是很高。狮子为了活下去,必须拼命搏杀。

可能很多人知道,在狮子的世界里,捕捉猎物是雌狮的工作。

雄狮长着长长的鬃毛,看似了不起,实际什么事也不干,却能率先享用雌狮捕获的猎物。

它只是在繁殖上满足处于发情期的雌狮。

换言之,它就像个情夫,看着很轻松。然而,情夫的位置并不好索取,雄狮必须要找到愿做赞助者的雌狮群,并战胜原有的护群雄狮。

如果幸运地找到理想的雌狮群并驱逐雄狮,那以后就能悠闲度日并繁殖自己的后代。而当不上情夫的雄狮是很悲惨的。

没有群体的护佑、有时赢不过水牛或大象的,往往就是这些没当上情夫的雄狮们。

如果雄狮幸运地统治了雌狮群,就得全力地护卫领地。如果被雌狮们厌烦了,不出一年就会被抛弃。

因为要为其保障饵食,雌狮们的审查是很严厉的,情夫也不能安闲无事地待着。

比狮子跑得快且能在树上上蹿下跳的豹子,身手是最敏捷的。

我一直以为豹子才是草原上最强悍最具有实力的动物,当然它也有弱点。

豹子跑得快,动作敏捷,但独来独往,单打独斗,缺乏组织观念,没有协调性。

而且总需要新鲜肉食,不接受不新鲜的肉。

相对于豹子,狮子胃纳极佳,无论是久放的肉,还是腐烂的肉,都满不在乎地大快朵颐,耐得住食物的粗糙。

就这一点儿来说,豹子是美食家,只享用可口新鲜的食物。

因此,豹子必须不间断地为寻觅可口的野味而到处乱跑。

跑得快的动物和强壮的动物都有其相应的弱点,生态链通过这一点而保持一定的平衡。

那么在热带大草原,哪种动物最强悍呢?很多人说是水牛。

确实,这种动物躯体巨大,长有锋利的犄角。哪种动物要是被它扎了,一会儿也支撑不了。

也许水牛保持强壮的原因是肉难吃,食肉动物对它没多少食欲。

平时常看到其粗糙而坚硬的肚皮浸泡在污浊的泥水中,弄得浑身脏兮兮的,空腹的动物也提不起胃口来。

大象的肉好像也不怎么好吃。象鼻的能力出人预料地强,要是被它捶了,好像狮子也会被弄死。

狮子好像很少袭击大象,偶尔袭击也仅限于象仔。可能等同于人类对羊羔肉的喜欢甚于羊肉。

当然,大象也了解这些情况,故在草原上迁移时总成群结队,母象牢牢守护在象仔的外侧。

看来跑得慢的食草动物是最易被食肉动物捕获的,但肉却不好吃。大自然是这样巧妙。

在热带大草原上,肉好吃的还是羚羊、斑马等跑得快的动物。这些动物外观很漂亮,肉也很柔软。

这些肉好吃且易被瞄准的动物生得苗条又丰满、身体灵便而敏捷。

这类动物头颈时常灵活转动,注意四面八方,防止被食肉动物袭击。

很少遭受袭击的水牛、鬣狗等动物脑袋只是前后晃动。

自然界确实出奇又巧妙,各种动物强的强,弱的弱,分别有优点和缺点,有喜悦和悲哀。

能安安稳稳地活下去都不得了。

非洲大草原自然而严厉地教给了我们这些普通的道理。

狮子舰队出击

在热带大草原上,最使我受触动的是早晨遇到的由二十多头狮子组成的狮群。

我们从马萨伊马拉国立公园的诺福克·洛奇旅馆出发,为了乘热气球而去登山营地。当时是早晨六点稍多一点儿,东方地平线刚泛出淡淡的红色,大草原刚开始泛白。

我们乘坐游猎的旅行车,行驶在凹凸不平的道路上,突然发现前方有一群褐色的动物。司机放慢速度,我睁大惺忪的睡眼定睛一看,哎呀,这竟是狮群!

狮子大大小小有二十多头,它们优哉游哉地排成不规则长队,沿着道路行走。此时如果把草原比作大海,狮群就是威风凛凛乘胜出击的联合舰队。

我感到惊愕,随即又感到毛骨悚然。

茂密的草原上,齐膝的杂草丛生成片,只容一辆汽车通过的土路蜿蜒向前。

如果观察周围的景致,跟仙石原①一带差不多。

狮子舰队正优哉游哉地向前行进,几乎占据了整个道路。

要是不了解这种情况,周围一片寂静之时,我也许会从车上跳下来,悠闲自在地休息片刻。或许会站着小便。

接下来,突然出现这么庞大的狮群……

莫说排尿,也许早吓得腿抽筋,瘫坐一团,成了它们的早餐。

一般禁止游客从旅行车上下来,此次回程往洛奇旅馆行车时,同车的一个西班牙女性忍不住,到草丛里去解手。

当然,车会停下来等着她,要是这时候来了狮群,她蹲在那里会被吓晕吧。

黎明中行进的狮子舰队,除了成年狮子,还有狮崽。数了数,共六头,有的刚出生不久,走路还踉踉跄跄的。

走在前面的好像是个头头儿,体形巨大而极有威严的样子,之后是略微强壮一点儿的和普通个头的,可谓形形色色。成年狮子中间夹杂着狮崽。

当然,顽皮的狮崽会离开队列,互相嬉闹,不时被走过来的母狮赶回去。

之前曾经讲过,在狮子的世界里,雌狮承担捕捉猎物的重任。

成年雄狮一般有一百四五十公斤重,外表魁梧高大,鬃毛满颈,但

---

① 仙石原:地名,位于神奈川县西南部。

因体重过大,不适合捕猎。

因而早晨遇到的成年狮子全部是雌狮。

司机是当地的马萨伊族人。他说,狮子们这是要去捕猎。

要去捕猎的狮群占据着道路,汽车行进很困难。刚做好停车等候的打算,狮子们却回过头来往这边看,看到没有威胁后,开始慢慢地向路边移动。

而一头身体强壮的狮子却在道路中间横卧了下来,阻挡汽车通过,直到狮崽们走入草丛后,才让开了道路。

不愧为狮崽之母。

我们中的大多数人首次看到这样大规模的狮群。大家都端着相机,频繁地按动快门。虽说天色已亮,但还需要闪光灯补光。

在闪光灯的照耀下,狮子的眼睛放光。

然而,它们没有受到刺激,只是默默地注视着我们,没有违拗的迹象,也不吼叫。

好像它们知道只要不吼,旅行车就不会加害于它们。

百兽之王确实聪明。

它们似乎想要说:"在这美好的早晨,你们怎么这样讨厌!"并开始用怀疑的目光注视我们,给我们让出路来。

在清晨的草原上,我们以为自己是在看动物,其实是它们在看人。这么说比较恰当。

在登山营地乘上热气球飞行,可以从空中俯瞰野生动物,但让人觉得无聊。虽有飞行在大草原上的爽快,远不及近距离地观看野生动物有感染力。

结束了一个多小时的飞行,又吃了顿很难吃的饭,算下来花了四万五千日元,太贵。

我们从登山营地返回洛奇旅馆的途中,又遇到了非洲豹。

起先是发现了一群大象,观赏一阵后,司机没有把车开上归路,而是沿着草原向前进发。

通过无线电搜索,我们得知近处有豹。

不久,汽车碾过一片高高的茅草,进入一块小小的洼地,看到正前方的树上有只豹子。

起初因树叶遮挡没发现它,当停车仔细看时,发现它趴在树杈拐角处,屁股正冲着我们,耷拉着一只爪子在睡觉。

豹的优势是能轻松上树。只要在树上,就无所畏惧,有时也会麻痹大意。

它或许是大白天在发困。我们想看的是其矫健的身姿,而不是这呆头呆脑的样子。

有人打开车顶天窗,高声喊"喂,看这边!"它也没有要起来的样子。

正觉得遗憾之时,西班牙籍的几个阿姨边敲打着车顶,边大声地呼喊。

在哪儿也是女人爱吵闹。

可能因为太过吵闹,豹忍不住了,警觉地一下爬起来,双目圆睁,怒视着我们。

声音顿时收住了,所有人都用僵硬的表情仰望着豹子。

虽然隔着树枝和树叶,豹的眼光确实敏锐。

豹的眼神充满机警与凶狠,呈现出马上就要猛扑过来的样子。

豹和车子之间只有十米多的距离。

要是豹子从树上冲着车顶天窗跳下来,我们的头和脸都会被利爪抓破,马上就完蛋。

我突然害怕了,而豹子却露出了大度模样。

它先是露出无聊的表情,似乎是说:"哎呀,是你小子!"继而在树杈上再次躺下来,把前肢无力地垂下来。

豹和狮子一样聪明。

它们好像比人更懂得滥杀无辜的危害与可憎。

自然的成规

在热带大草原上,另一件使我受触动的事情是遇到了濒死的狮子。

这是在阳光还很强烈的黄昏时分,我们发现在一块不大的岩石旁的杂草中躺着一头狮子。

起初以为是伸着四条腿在睡觉。

仔细一看,它的肚子起伏微弱,呼吸困难,肩胛和背部的肉也都塌陷下去了。

导游说,可能是被水牛扎破了侧腹部。三天以前它就在这儿躺着。

我们开车走近一点,狮子睁开了眯缝着的眼睛,它岂止不能站起来,连吼的气力也没有。我看了觉得可怜,继而产生出一种冲动,想走下车来救救它,被人阻止了。

热带大草原白天温度近三十摄氏度,太阳一落下去,就下降到十摄氏度左右。

狮子不能行动,在这儿躺了三天三夜,没食物不用说,恐怕连一滴水也没喝。

导游说，这样下去，再过一天狮子就会死掉。

狮子周围的动物们好像对此了如指掌。斑马为了不打扰躺着的狮子，在老远的地方静静地吃草，羚羊也拉开距离在前面跳跃。尸体清扫工鬣狗则不时地探头张望，察看狮子的存活状况。

在见到这头濒死狮子的第二天，我们又遇到了羚羊群里新生命的诞生。

那儿离着狮子倒下的地方不到十公里。

我们靠近羚羊群时，看到一只羚羊眼睛望着这边，身子一动不动。

大家觉得不可思议，定睛细看，只见这只母羚羊劈开双腿用力站着，胯下在滴血，身边蹲着刚刚出生的小羔羊。

母羚羊虽是刚刚分娩，却好像极度地神经质，要么环视四周，要么侧耳倾听，眼睛怒视着我们，舌头不停地舔着羔羊。

其姿态表现出不管怎样都要保护好孩子的母性之强悍。

羔羊起初蹲在草丛里，过了几分钟，它尝试着站起来，但很快又倒了下去。

这样反复了十几次，羔羊好歹才不再跌倒。

我们高兴地鼓掌，羚羊母子却漠然视之。

母羚羊自己分娩，小羔羊自己站立，从不借助谁的力量。

刚出生的小羔羊可能会对这个世界充满好奇：照耀在草原上的阳光怎么这么明亮？吹拂草丛的微风怎么这般舒适宜人呢？

晚上，我在洛奇旅馆的暖炉前喝威士忌，不禁想起了那只倒下的狮子。

在这星斗满天的夜空下，狮子此刻还在草原上那个位置、以同样的姿势躺在那里。

另一牵挂，是那只刚刚出生的小羚羊，此刻它也许正在母亲的腹下吸奶。

雄居热带大草原的百兽之王奄奄一息，死期降临；另一方面，羚羊崽接受新的生命，降临在这个世界上。

各种各样的动物均在生与死的道路上匆匆走过。

没有人对狮子伸出救援之手，狮子亦无所求。

万物生在这个世上，用不了多久，就会垂垂老矣，孤独地死去。草原上的动物们好像也知晓这种再正常不过的自然成规。

肯尼亚周围贫穷的国家很多，譬如埃塞俄比亚、苏丹、乌干达、坦桑尼亚等国。这些国家人满为患，饿殍遍地，儿童死亡率极高。

西欧的先进国家都劝这些国家控制人口。

但是，以肯尼亚为首的非洲各国，对控制人口增长很消极。岂止消极，他们似乎更愿意本国人口快速增长。

他们认为人口多就是大国的象征，以此为背景会增强在国际社会的发言权。这些国家的领导人心口不一，其真实情况是对生育放任自流。

另外，这些国家的育龄妇女们好像对节育没兴趣，不习惯这种人工中止妊娠的方法。现实中孩子多，劳动力就多，家长身上的担子就会轻。

当然,孩子越多,其死亡率越高,除去死亡者,他们认为还是多生有利。

这和我们价值观完全不同。

日本常对这些国家进行经济援助,民众也自发捐款和捐物。

这些钱与物是否能送到真正有困难的人手里,还是令人怀疑的。

首先,这些国家的领导人们想法不一,他们也没有从城市往地方运送物资的可靠手段。虽有火车运输和飞机航线,但不遵守时间、不按制度办事,已成为一种社会常态,给人以虽有若无的感觉。

在正常的状态下,寄送的金钱和物品能够到达难民手中,是居住在现代文明社会的人的一种错觉。

对于人们捐款相助的慈善事业,本人丝毫不想吹毛求疵。

而实际上,这些国家的难民对此并非全都领情,即使是领情者,往往也会觉得给他们添了麻烦。

有个了解非洲难民情况的肯尼亚人说:

"如果日本人同情他们,想要表达善意,就不要局限于某个时段,希望稳妥地持续下去。要是做不到,那就没有多大意义。不彻底的援助不如没有,反倒能促使被援助者放下依赖,积极生存。"

对于看到了形形色色动物们的生与死、亲身感受到自然界成规的人们来说,其他国家的善意,也许显得有些强加于人。

男女不平等

现在人们议论最多的,不用说,就是宇野宗佑总理的性丑闻。

人好不容易爬到政治巅峰,地位又变得岌岌可危,让人感到可悲。本来,宇野先生就不是个招女性喜欢的人。

首先,是他那张戴着黑色粗框眼镜、圆而大的脸,看着算明快,但缺少某种情感。与其年龄相比,面色算红润,貌似较健康,但反映不出有生活阅历的男人本该具有的迷惑、羞怯和坚强,有一股淡淡的涩味。

可能宇野先生是个充满自信的人,或者说是个很理智的人,故而缺少某种人情味。

再说句不礼貌的话,这个人容易让人联想起爬虫类的动物。脸上的皮肤很光滑,整体却有种发黏的感觉。

最不受女人欢迎的可能就是这种脸型,作为男人是不讨巧的。当然,仅凭外貌判断一个人也许失之轻率,但到了这个年龄,男人的脸庞也是一份履历书。

明确地说,神乐坂的 M 子这位女性好像不太喜欢宇野先生。岂止是不喜欢,或许她十分讨厌这一类人。

可能从内心不喜欢,上了电视才说得满不在乎吧。

与其说是仇恨,莫如说是喜欢不起来,她想要把淤积在心中的东西倾吐出来,故而滔滔不绝,说的可能都是真心话。

如果她喜欢宇野先生,就不会用这样的方式来发泄。爱与憎是表与里的关系,曾经喜欢过的女人也会发泄,会一边贬低对方,一边表露出对对方的体谅和依恋。不会那样爽朗地就像和自己无关似的陈述:"捏着三个指头给了三十万日元!"

这一点姑且不论,她是答应要求才决定要钱的,现在再说被当成了玩具,或者被玩弄了,就太过自私了。

她并不是江户时代的娼妓,不喜欢完全可以拒绝。不拒绝而且拿到相当的报酬,再端出女人的软弱来想要引起同情是不道德的。

真正软弱的女人是不会在电视上说这些话的。

宇野先生说自己没有看女人的眼力,可能确实是因为没有眼力,才选择了一个用金钱解决问题的女人吧。如果仅限于此,他此言不虚,是表面上看着像外行的内行。

在《新潮周刊》上,山口瞳先生说:"我绝不沾一般女人。我受的教育是要和能够用钱解决问题的女人打交道。"他说得对,宇野先生听了这句话,可能会有那种惊慌失措的感觉吧。

在电视的专题节目上,有人呼吁:"绝不允许随便用钱买女人!"

这一点是否太片面了？

因为男人出钱发生了性关系，如果换位思考，就是说，有的女人想要通过发生性关系而得到钱。

不可思议的是，平时主张女权的女性们，对于"把这种女人作为受害者的歧视性发言"保持沉默。

在同一个时期，周刊杂志上出现了"是谁让泽田亚矢子成了未婚妈妈！"的标题。这不也是轻视妇女的话吗？

泽田亚矢子本人曾明确地表示："我是自己想生才生孩子的。"所以那标题就有点儿故弄玄虚啦。

对于这样的标题，女性们应该订正为："泽田亚矢子让谁成了未婚爸爸！"

只要男人和女人不摆脱"男人强，是加害者；而女人弱，是被害者"这一思维模式，即使男女同工同酬，一起参与社会活动，真正的男女平等也是难以实现的。

话虽如此，这次各家周刊杂志对此事报道的热度是超乎寻常的。通过各出版社的写法和评价也能了解其社的品质和定位。

据说美国和英国的高级报刊也进行了报道，他们把此事与富士艺伎联系在一起，写得既有趣又可笑。这些国家的人只要一听到艺伎两个字，马上就会改变脸色。

有人说，日本国面对全世界应觉得可耻，事实上没有那么玄乎。之前听说西德总统与应召女郎有染，也没人认为西德是个不好的国家。

即使视西欧社会为正,其他各州也不能视为邪。

不是只有西欧文明的价值观才正确。

在一些人认为总理的丑闻可耻之前,最好教训他们一下:日本过去就有这种关系,这是让不招人喜欢的男人振作起来的最佳方法。

尽管宗教和伦理观形形色色,但男人和女人的出发点都是相同的。

这次最令我感到不快的,是将这种丑闻煞有介事地报道为"作为人的伦理的重要性"或"为了实现真正的男女平等"的那部分周刊杂志。

说"想增加发行量卖钱才刊载的"要比其他拙劣的辩解更容易让人理解。

如果评论者和授命者都像政治家一样强词夺理,那就很难让人理解。

在所有周刊杂志报道中,《新潮周刊》的报道态度稳重,最有说服力。

七月二十三日

　　这天,我有事待在札幌,乘下午的航班离开了千岁。

　　五点稍多点到了羽田,如果驾车快跑,或许会赶上六点截止的投票。

　　可是,我从一开始就放弃了这次投票。

　　当然,弃权是不值得赞赏的,但这次确实不想投票。

　　对于自民党来说,我内心早就厌烦了,又不愿意投给社会党或其他的党。如果冒冒失失地随便投一票,会被该党的代表误认为"支持我党",那就太意外了。

　　常言道:没有最好的办法,那就追求次之的办法。如果次之的办法也没有,只能考虑主动地弃权和善意的解释。

　　到家一看表,已是六点多了,不觉松了口气。

　　用过晚餐以后,想校改校样,不想再写稿子。

　　因为在札幌身体欠佳,好像有点感冒,已拖了两天了。

没办法,姑且先睡一小会儿。醒来之时,已十点了。

电视上正在不时地播放选举结果。

在单人选区,社会党取得了压倒性的胜利。在人口比例选区,也取得了彻底的胜利。

虽然我弃权了,选举结果不也挺好吗?我一边这样想,一边听电视上的人物专访。

在被访者当中,土井委员长最生动活泼。我以前与之对谈过,此刻比那时漂亮不少。

好像选举获胜能让女性容光焕发,变得愈加漂亮。

她在采访中意气风发,表示要倾注全部力量废除消费税、要求解散众议院。

她的长处是尽管高声叫喊,却没有像有些女性评论家那样声音刺耳。有点像和田亚纪子那样爽朗,而且像普通妇女。

可能是大众厌腻了自民党那种内行气十足的政治家,而被这种外行气所吸引。

"惊天动地"对语言平淡的土井女士来说,是一句名台词。

然而,包括她和在野党人的意见,都说要破坏现有的不合理的东西,几乎没有提及今后要干什么。

而且只是呼吁要重新认识当前的税制和农业政策,丝毫没有从国际视野提出振兴日本经济的意见。

日本的税制、农业政策和军力都与国际社会密切相关,想来有点让人不安。

从十一点开始,各电视台纷纷邀请评论家和政治家,畅谈对选举结果的感想。

评论家各抒己见,显得很开心,好像评论家是最了不起的职业。

他们置身于大众这一少受指责的立场,随意地批评各党的政治家,露出一种得意的面孔。

其实,对别人所做的事情吹毛求疵是再简单不过的事情。

当然,大众会盲从这些评论家的观点而感到痛快,也许是五十步笑百步。

与评论家相比,政治家出场更受到观众的重视。

可是,政治家群体的成员固化,年轻且懂事明理的人太多。不能让资格老且不明事理的政治家出场吗?

NHK电视台置受众蛮多的漫谈节目于不顾,反复地播放和分析结果明了的"选举速报",让人感到极其无聊。

赶紧换了一下频道,看到巨人职业棒球队连续三次败给阪神职业棒球队后的再次交锋,结果是相隔两年之后的第四次连败。

这也许是"惊天动地"的先兆吧!

此次交锋对于巨人队来说,算是及时的休假吧!

又换了一下频道,看到了为美空云雀①女士举行葬礼的场景。

据说有四万多歌迷拥到了成为悼念场的青山殡仪馆,中村明子的

---

① 美空云雀(1937-1989):日本著名歌手,生于横滨,本名加藤何枝。

悼词催人泪下。

在此之前,美空云雀被授予国民荣誉奖。近阶段文娱杂志自不待言,众多周刊杂志如出一辙地为她歌功颂德,满篇都是惋惜其逝世的言辞。

她确实是战后的一位大明星。

不过说实话,美空云雀并不是多么受人欢迎。她自幼年初露锋芒,一直以来都不是受大众喜爱的偶像歌星。

岂止如此,"卖弄小聪明""像个毛孩子""傲慢的家伙"这种形容词总是往她身上贴。

尤其讨厌她的是知识分子群体。

喜欢她的大多是袒护低俗的时髦族,他们与知识分子阶层是格格不入的。

说起来,我也认可美空云雀的才艺,不喜欢她这个人。

特别是神气十足的大学生年代,不看她的电影不说,听到她的歌唱,也不寒而栗。

然而,尽管讨厌她这个人,她的歌儿却像病毒一样渗入我的体内并扎了根。

她的伟大之处是尽管不受喜欢,却踏踏实实地俘获了大众的心。

美空云雀女士理应清楚很多人讨厌甚至看不起自己。

超越这一点并取得了巨大成就,是她的惊人之处,也是其魅力所在。

各色人等在多家杂志上一味地赞颂她,如果完全不顾现实,就可以说是片面的。

她的歌我最喜欢的是《无法松的一生》。演唱这首歌时,她露出逼真的哭泣的表情,还带着动作。

要是知识分子,怎么也不会做出那种露骨的动作,正因为如此,知识分子才厌恶其表情和歌声。

可能是知我所愿,电视上开始播放她身着和服演唱《无法松的一生》的录像。

录像中她身着的是西装,我却想看美空云雀女士身着和服而露出和蔼笑容的面庞。

只是过了一夜,宇野总理就急忙提出了辞职,在此后的记者招待会上即露出了轻松的表情。

他提前下台可能算是对过于冷酷的自民党的一种讽刺吧。他辞职后的表情充满自信,比任何时候都要出彩。

夏威夷的熔岩

我一说"去了夏威夷",就一定会有人说:"那玩得开心吧?"好像夏威夷这个地方只是个好玩的地方。

这次去夏威夷,是为了《主妇之友》①杂志社的讲演这一体面的工作。

夏威夷同好会的干事都是四十岁到六十岁的女性。

早就听说夏威夷妇女的力量强大,实际上比想象的还要强大。

在会餐时,随同这些女性的夫婿们都像被训练过的狗一样老实。白人中男性多,他们在妻子身旁只有露出美国人特有的和蔼可亲笑容的份儿。

到处都是年迈的夫婿们体验着饱食终日、无所作为的悲哀。

在夏威夷,有着日本血统的第一代人都去世了,第二代人年纪也

---

①《主妇之友》:1917年创刊的面向家庭妇女的杂志。

很大了,活跃的是第三、第四代人。

他们几乎都讲英语,说日语的人少之又少。

第二代人曾想方设法教儿孙辈学日语,但学了在学校不能说,在家里也不必要,因而很难学成。

不过正因为如此,能讲日语的夏威夷人才属于高才生,薪酬也很高。

讲演会场里好像有不少正在学日语的年轻人,也有高龄的、怀念母语的第二代人。

听到这些人说"想听你标准的日语",我感到有些不好意思。

要是他们乐意听的话,我尽量说得再标准点儿。这样想未必能奏效。

一个六十五六岁的女性对我说:

"前些时候我去了趟日本,与上次赴日间隔了二十几年,发现年轻人说的日语变了。到电器商店买电池,说:'给我电池!'对方赶紧问道:'是蓄电池吗?'难道我们的日语已经过时了吗?"

对于第二代人来说,祖国日语的变化要比城市的变化和时装的变化还令人惊讶。

夏威夷毕竟是夏威夷。

在檀香山下榻的旅馆不用说,就是在彼洛的旅馆里,早晨也供有日式套餐。

有着很大的鲑鱼块儿,还有海带和酱汤,要比东京的旅馆便宜且好吃。

后来又去了钢丝网CC,那里的俱乐部餐厅里有成套的米饭加猪肉酱汤便餐。当然,在寿司店、烤肉店以及拉面馆吃饭都不成问题。

在夏威夷,与其说日餐正在兴起,莫如说日餐正在大行其道。

这也多亏了第一代、第二代日裔人的努力。

夏威夷岛上的彼洛作为有日本移民的城市,是最古老的地方,曾因两次海啸而遭受了重创,现在变得相当萧条。海边的一部分旅馆变成了休闲公寓,大量的游客转移到了岛上的科纳。

正因为如此,当下的街道生意萧条,人烟稀少。漫步街头,好像是行走在早年西部片中的镇子上。

这座城镇的西南部有个叫基拉韦厄的活火山,现在仍在喷发,不停地流着岩浆。

这座火山的老喷发口一带只有发黑的熔岩和岩沙,常让人联想起死亡的世界。

据说,登过月球的宇航员后来在这里接受训练,他们说在这里看到的景象与月球上完全相同。

穿过老喷发口,再往前走十公里,道路就中断了,不远处就是新喷发口。喷发口周围的绿色植被早已被乌黑的熔岩所覆盖,前端已延伸到了海里。

岩浆从六年前开始喷发,现在仍然继续,陆海衔接处升腾着高达二三十米的气雾。

因为是珍奇的景色,游客络绎不绝。堵塞道路的熔岩还带着热度,站在上面,脚下像被火烤一般地炙热。

此处很危险,故拉着绳子禁止游客入内。流淌着的熔浆相当热,喷发口像窟窿一般大开着,涌动着炭火般通红的岩浆。

我是白天去的,如果是晚上,可以看到熔岩下面仍然发红,令人望而生畏。

带路的人说,前几天来观光的一位游客越过绳子往前走,被熔岩粘住了鞋,吓得光脚跑回来了。

"那家伙烫伤了脚,很傻。"带路的人从容不迫地讲述。

这要是在日本,可就不得了啦。

前面流着极热的岩浆,为何让人靠得那么近呢?仅凭一根绳子,能阻隔危险吗?为何国家不制作防护网,严防人畜入内呢?

大家可能会异口同声地这样责问,去追究国家的责任。

然而,美国人的心态不同,可以说是大大咧咧。即使发生这样的事故,也满不在乎。

人家禁止入内的绳子是拉着的,你越过绳子步入其中是自己的意愿,其结果无论如何都与管理者无关。

说美国是个成熟的国家,可能就是指这些方面。

国家出示了标准或禁令,然后就凭个人判断和自觉性。

这事要是发生在日本,就会出现大乱子。

会有几十个警察从熔岩前几公里截断交通,始终不离左右地进行管控。

当然，在日本，人们不可能真实地感受到熔岩的热度，不可能被粘住鞋子，或者出现伤员。

如果国家过多地限制人们的行动，怎么说呢，人们就会利用这种机会责备国家。

前些日子，日本的伊东海上偶然出现了海底喷火，福井县的国道上发生了石头滑落事故。

似乎都是不可抗力的事故，但是人们会马上思考：国家或政府的监督指导没有问题吗？

日本这个国家的不成熟和不负责任，也许正是源自这种爱管闲事。

一只树懒

最近,报纸杂志和电视台天天报道诱拐幼女的嫌疑人宫崎勤的情况。

连日报道同一件事情,让人有点厌烦。

要是说出现了新情况,那另当别论,充其量就是《挑战书是在自家做成》《从宫崎勤家门前的旱田里发现了很多订书钉》《从当地的店里租借了录像机》等千篇一律的东西。

总之,今年夏天的重大新闻,主要是宫崎君和全国高中棒球比赛,其他的消息都不鲜明。

也许这两条新闻挺受欢迎,但这些信息占据着大报纸的头版和社会版,就有点过分了,也可以说是不正常了。

在关于宫崎君性格问题的讨论中,各色人等纷纷出现,各抒己见,结论不甚明了。

到头来,他本人的事情只有本人了解。不,也许连本人都不了解。

新闻评说了他的各种情况:孤独、自闭;被娇生惯养的生活环境;

升学受到的挫折；成不了大人的幼儿性；动画或录像看得太多、缺乏想象力等。但是这些特点一般人或多或少都会有。

其中还有比宫崎君更加突出的人。

因而无论举出多少例子，都弄不清原委。

比较明确的是，人是不知何时搞出何名堂来的难对付的生物。

哪怕是猛劲儿批判宫崎君的人，只要条件适宜，也许就会做出同样的事情来。

总之，人是奇怪的、着实可怕的动物。

对于这一点，每个人扪心自问就能知道。

以前，我在《冬季的焰火》这本小说中写过女和歌诗人山城富美子，她的和歌有下面这首。

> 鸱鸺蜥蜴同栖在，
> 鲜花爱情共傍身。
> 我的女人多窈窕，
> 瑕瑜互见显真心。

我心中既有鲜花和玉石般优雅而美好的东西，又有鸱鸺和蜥蜴这样不伦不类的东西。这两者融为一体，才形成了现实中的女人。

这不仅限于女性，我作为一个堂堂男子汉，心中也既有异常耿直、和蔼诚实的一面，也有敷衍散漫、随心所欲的一面。各种各样的东西掺杂在一起，形成了当下的自己。

人本来就具有善恶两面,具有这两面的才是人。只有善没有恶的,那是神或是佛。

我们被放逐到这个遍地污浊的人类世界上,就是因为心中有很多不好的念头。

因此,我心中虽有不好的一面,却并没有惊慌或失望。

关键是要了解自己就是这种奇怪的、很难对付的人。

了解这一点与否在行为上会有天壤之别。

心中有很多鸱鸺、蜥蜴或蛇等怪物的人,应该建好心灵的围墙,尽可能地不让这些东西暴露出来。

当然,鸱鸺、蜥蜴或蛇未必就是坏东西。

蛇的执拗、蜥蜴的顽强、鸱鸺的夜行性都不赖,要根据各自的方法,将其转化为积极的因素。

相反,鲜花或玉石的优雅与纯粹可能会使撒娇任性或自以为是愈加严重。

关键是要看蜥蜴、鸱鸺怎样利用。

现在我的心中就有一只相当大的叫"树懒"的兽。每逢我有事时,这家伙就会对我低声细语:"要懒一点儿!要懒一点儿!"

解决这个问题很棘手,现在,这只兽每天都在活动和长大。

本周一直待在东京,能悠闲自在地读书,而且读到了一本有趣的书。

这是一个叫李熙宁的出生于日本的韩国女性写的一本书,名字叫

《另一个万叶集》。

《万叶集》是日本古典名著,我从中学时代就十分爱读,其所有内容都是用古代韩国语撰写的。

在《万叶集》里,韩国人朴炳植先生撰写的《日本原记》揭示了古代大和朝廷成立的秘密,读后令人震惊。这次她又提到我们视为心灵故乡的《万叶集》,我的内心反应就更加强烈。

从江户时代到现时代的国学家们费尽千辛万苦读解的《万叶集》,曾作为古代韩语阅读,容易读懂,读者既痛快,又感叹,只能这么说。

比方说,书中介绍先后成为天智天皇①和天武天皇②之妃、后被称为才媛女歌人的额田王写的一首著名和歌。

茜光映照紫野行,
辗转几处至标野。
守野人士未窥见,
君将双股分开来。

这首和歌真正的意思是:粉红色的双腿行走在紫色的原野(蕃登)上,到了标野(紫野)之后,你趁守野人没有看到,强行将我的双腿分开……读来吓人一跳。

这首和歌的令人可怕之处是,额田王本是大海人皇子(即天武天

---

① 天智天皇:第38代天皇,668年至671年在位。
② 天武天皇:第40代天皇,673年至686年在位。

皇）的妻子,却被后来继位的天智天皇所占有。

考虑一下她之前与大海人皇子久别重逢的场景,可见两人相爱至深。

大致到七世纪,大和朝廷与朝鲜半岛有着密切的关系,尽管"皇国"史观者对此无理地隐瞒和歪曲。

所以,《万叶集》用古代韩语书写是合乎情理的。

不管怎样,《万叶集》在真正意义上复活是件令人高兴的事情。

凭借李熙宁先生的解释重新阅读《万叶集》,感到更加质朴与生动。

《万叶集》生成的时代,是落落大方地用诗歌表达喜悦、悲伤和性的时代。

偶尔要堂堂正正

为了参加札幌卫生局举办的有关健康的讲演会,我要去札幌。

说实话,我曾想拒绝参加这次讲演。

第一个理由是,札幌是我从上小学开始到三十五岁的那年春天所住过的地方。老朋友不用说,熟人也很多。更进一步地说,也有曾经交往过的女性。

当然,如今我成了大叔,她们也成了大婶。尽管这样,他(她)们来到会场,那可不好办。

七八年之前,我在札幌作讲演时,有个早前交往过的女性坐在最前排,我就慌了神儿。

并不是她说了什么,她只是默默地从观众席上注视着我。

每当两人的视线碰到一起时,我就觉得嗓子哽塞,内心慌张。

看上去她似乎在说:"你别自以为了不起,你在说些什么呢?"又像是在说:"得了吧,别说啦!"

总之,她了解我青春期马大哈的毛病,也难怪我变得不沉着。

她为何坐在那么靠前的位置上呢？心里有怨气，也不能在此时此地发牢骚嘛。

总算讲演完了，现场没发生任何事。但自此以后我下了决心：不再去札幌演讲！

第二个理由是，主办方要求我：这次谈谈健康问题！

平时比别人生活得更没规律的人却要讲健康问题，实在是失礼。也对不住聆听的人，便拒绝了，不想造次。

可是，后来邀请我的岛中卫生局局长是我小学同学。小学六年级时，他是班长，我是副班长。

他来托付我，我不得不接受。

最近常有因无法推辞而无奈接受的讲演。

就这样，我八月份来到了北海道。

会场设在市民会馆，我决定，这次讲演从开始就不看前面的座席上有哪些人。幸亏观众席上光线发暗，我用目光快速扫了一下观众席的大部分人，没看到熟悉的面孔。

讲演的主要内容是，精神或身体有迟钝并非坏事。

人在哪儿都能睡，什么东西都能吃，益处多多。人在肉体上可迟钝一些，精神上最好也不要太神经质。即使受人批评，或有什么厌烦的事，也要马上忘记。被人挖苦或讽刺，也不要太在意。做事不成功也不要自虐，任何事情都往好里想。这种乐观的积极向上的精神迟钝，是健康的秘诀之一。

当然，会场里就是有以前与我关系密切的女性，也不应太在意，而应泰然自若地讲。虽然这样说,但遗憾的是脸皮没有那么厚。

　　回到旅馆,拿起报纸,晚报上"山下官房长官辞职"的大标题赫然映入眼帘。

　　好像是因为过去的男女关系被扒出而引咎辞职。

　　似是而非的理由。

　　曾与妻子以外的女性发生过关系……假如确是这一理由,现在的议员几乎全部都要失掉任职资格。

　　不,岂止是政治家群体,从上市公司的总经理到管理职位上的领导,几乎都要因此辞职。

　　当然,我也早就失掉资格了。

　　要是过去曾有过不正常男女关系的人全部辞职,仅由毫无问题的人组成内阁会怎么样呢?

　　也许可以建立一个只有贞节女性、非常虔诚的基督教徒或者是清一色男人的内阁。

　　那就不会成为一个肮脏的社会?

　　山下长官的情况是,突然赠送的分手费产生了问题。

　　害怕过去的关系暴露,在就任大臣时才给钱,实在让人感叹。

　　张嘴就想用钱解决问题的陈腐做法和认为金钱万能的低俗思想,为人所不齿。

　　山下长官在给了很多钱之后,断送了自己的政治生涯,并被说成好色之徒,也很可怜。

并不是特意为他辩护,可以说,山下长官急急忙忙地给钱,表现出了他过于耿直的性格。

假如他是个马马虎虎的人,无论过去发生过什么,都会佯装不知。

给分手费是男人的一种老派作风,女性也许不知道这样的男人做事很认真。

话虽如此,他在辞职的记者招待会上就过去的两性关系道歉,则是妙趣横生。

他到底想要对谁道歉呢?

如果是针对国民,国民并没有遭受什么损失,也没有这种必要。

真说要道歉的话,应面向突然被给钱的女性或者是自己的太太道歉,那倒说得通。

应该这样道歉:"原先一直隐瞒,对不起!"但这属于个人私事,用不着上电视说。

酿成这种非要道歉的气氛的,是新闻媒体,还是一般国民呢?

本来"国民"或"大众"的概念就是很模糊的,有莫名其妙的令人可怕之处。

不要随便向什么东西低头,想要辞职,干脆说清楚一切。

"我曾经迷恋一个小我四十岁的年轻女性,培养了爱。对不住妻子,但喜欢她是千真万确的事实!"

应当把政治权利交给敢于公然这样说话的人。

蓄须的爸爸

礼宫先生和川岛纪子小姐订婚,是最近让人感到温暖的话题。

因为此前接连发生了自民党首脑的性丑闻和宫崎勤的幼女连续杀人事件,人们的心情黯淡,婚讯让人振奋和愉悦。

这次订婚最令人满意的地方是不拘泥于形式。

本来应该是兄宫首先发表婚约,弟宫先行了一步。其对象川岛家是平凡的学者之家,即所谓的平民出身。

何况昭和天皇驾崩还不到一年。

克服了这样那样的困难,礼宫先生和最喜欢的女性订婚了。

这一点很像年轻人,对爱情专心又爽快。

再说纪子小姐的笑容挺甜美。

看她以前的照片,形体很丰满,最近这一年瘦了很多,反而彰显出女性的柔美。

这种柔美,不禁令人想起三十年前的美智子成为太子妃时的情景。

这样一来,皇室前后两代人都迎娶了出身于平民的美丽女性。

不过,皇后陛下(老实说,并不适应这种通称。也许不礼貌,我们这代人还是愿意称呼为"美智子小姐")是一流企业总经理的千斤,与标准的平民也有许多不同。

但纪子小姐的父亲是大学教师,称为平民比较恰当。与其说是千金,莫如称作姑娘。

前几天在电视上看到她陪同父亲散步,显得健康、兴奋而又羞涩,浑身洋溢着与自己喜欢的人走到一起的喜悦。

人们好容易从电视上看到她,很想听她说句话。可能是这时候不宜说,或者是害怕多嘴惹麻烦,怕被取消婚约,故一言未发。

倒是父亲回应记者,也仅仅说了句"还没正式决定",有点儿让人失望。

作为要嫁女儿的大学教师,无论是喜悦还是不安,总应该多少说点儿什么吧。

电视新闻评论员解围说:"令尊也是一位性情和蔼、彬彬有礼的人……"我看有点过于彬彬有礼,甚至觉得有点像女性。

这么说吧,其学习院大学的同事、自然文化研究会的一位老师,也是像女性一样温和地讲话。

可能是只要进了学习院,都会很文静,老师们也是逐步变温和的吧。

温和当然是好事儿,可从外貌上看,两人都留着很好看的连鬓胡子。

如果只看胡子,就像是中国的猛将。而一开口说话,就像温和的女人,令人惊叹不已。

当然,留胡子是个人爱好,他人不应该说三道四。以前看到礼宫先生也留过,可能是学习院流行吧。也可能是偶然的巧合。

按我的性格,本来就对玄妙的事情感兴趣,至于纪子小姐的父亲,其脸上的胡须下部会不会刮掉,倒十分关心。

太子与妃的婚约已经达成,结婚之时,他可能还留着那种胡须出席各种宴席吧。

想象一下新娘的父亲和天皇、皇后陛下代表两家人站在一起时,仍留着络腮胡子,总觉得很滑稽,也很有趣。

当然,从古至今绝没有女儿嫁给皇室,父亲必须剃掉胡须这种法律。但是,皇宫内厅是古色苍然之处,不能想怎么来就怎么来。

不能让人跟在后面起哄,所以开始担心他脸上胡须的去向。

当整个日本因礼宫先生订婚而群情沸腾时,在同一张报纸的不显眼处用小字登载着"安妮公主夫妻分居"的消息。

安妮公主是伊丽莎白女王的长女,今年三十九岁,英国王室宣布:她将和丈夫马科·菲利普斯分居。

虽宣布分居,但暂时不准备离婚。

紧接着这则消息又补充道:英国王室曾有过女王的妹妹玛格丽特在一九七八年五月离婚的先例。

当然,这一分居信息与礼宫先生的订婚信息同时出现,只不过是偶然。

我看到两则小小的消息，总觉得心里安定了。

无论多么高贵的人，即使受到众多人的祝福而结婚，有的也会分居或离婚。

男女之间的爱情与身份和地位无关。既然是人，就会发生变化，有时也会做出错误的选择或发现自己的谬误。

这种时候，即使是皇室，也不会刻意隐瞒或囿于形式而控制分开。

无论是谁，只要发现谬错，都有权利纠正，重新开启新的人生。

即使是王室的人也不例外。

从无所顾忌地向全世界公布安妮公主夫妻分居，可以感受到英国王室的开明与直率。

正当礼宫先生的婚约缔结时，不宜说三道四。岂止如此，我还衷心希望二位永远幸福。

这种幸福，只有在公布王室成员分居或离婚的明朗开放的环境中才能诞生。

不好的平等

我为了在全国国保①地区医疗会的讲演要去福岛。

讲演会的听众是从全国聚集而来的国保医院的人员,我以前在大学附院工作时,出差去过北海道的国保医院。

在其中的一家医院,患者的心脏停止跳动了,当我宣布"去世啦"之后,那位患者却开始大口喘气,搞得我十分狼狈。

其实,这是人在临死前常有的一种现象。过后我遭到了前辈的斥责:"不要提前宣布死亡!"

在另外一家医院,我曾被护士搞过听诊器里塞进棉花团的恶作剧。

她可能是想开个玩笑吧,但是我把听诊器按在患者胸脯上,装作能听见,引起了人们的哄笑。

刚从大学毕业的年轻医生会有各种失败之谈。

---

① 国保:国民健康保险的简称。

如果了解这些情况的前辈医师或护士也来到了会场，怎么办？想起这些往事，好像没法平静地讲演。

在去福岛的途中，我偶遇了山形大学内科的石川城教授，并挨坐在他旁边。

教授是在东京开完学会后回学校去。

交谈时间虽然不长，却少见地谈到了医学关系的情况。

最近，各医院先从内科试点，开始在各科建立引进专科医生制度，目前正在进行技能认定。

本来这种制度是从美国发展起来的，从医者在拿到医师执照之后，在专门领域有充分的知识和专业技术，才能作为专科医生得到认可。

当然，获得专科医生称号是一个医师从医的保证，只要是被权威机构认定的医师，就会得到人们的拥戴。这也成为外行判定医师技能的唯一标准。

在喜欢处处模仿美国的日本，这项认证制度正在普及，但是有些方面和美国有根本的不同。

首先是任职资格。在美国，要被认定为专科医生，必须在指定的医院做五六年实习医生，有了必备的临床经验之后，再通过严格的考试，考试合格才能获得资格。

这一点，日本是相当宽松的，一般在大学附院干上几年就获得资格。最近总算有了一种从严考试的动向，但与美国相比，仍然是很宽松的。

其次是经济收益。在美国,从医者一当上专科医生,就有权利收取高价的诊疗费,获得经济保障。而在日本,即使成了专科医生,诊疗费还跟原来一样,不增长。

当然,这关系到健康保险制度,也是一种不好的平均主义,无论是资深的医师,还是新上任的医师,诊疗费都一样。

这样,即使经过考试被认定为专科医师,也没多少意义。

这是让人笑不起来的话,在日本,如果单纯讲赚钱的话,倒是拙劣的医生比较有利。

比方说在外科,拙劣的医生做手术有可能失败,就要重新进行手术。这样,患者住院时间和投药量都会增多。

当然,无论多么优秀的医师,也不能保证手术一定成功。但一般来说,拙劣的医师为此赚钱多。

对高技能医师的诊察费不加以区别,而仅靠检查、注射和投药量来决定费用的现行医疗制度,其缺陷是显而易见的。

在当今的社会上,有钱人要比没钱人多受关照。

无论衣食住行,有钱人穿好看的,吃好吃的,住好房子。

姑且不谈得到钱的方法,有钱人能过好日子,这在资本主义自由经济中是无可奈何的事情。

对此愤愤不平且不能原谅的人,只能回到原始社会,别无办法。

在当今社会条件中,唯一平等的是医疗费。

无论是大富翁还是穷苦人,谁做盲肠(阑尾炎)手术,手术费都一样。药费和注射费也相同无差。

当然,在支付床位费上有所差别,因为大富翁住单间,穷苦人住多个床位的大房间。

总体上看,大富翁和穷苦人在医疗费上没有多少差别。

而美国人情况则有所不同。

当然,美国也有健康保险制度,但只是最低治疗保障。

比方说,用全额保险支付的医院,治疗费全免,其他据情收费。故而慈善医院成为救济所,挤满了贫穷的人们。

当然,那里没有高技能的医师,只有技术平平的老手和刚刚当上医师的新手,护士也比较粗野,可以医治大病的专家难寻。

因有拙劣的治疗和粗糙的护理,患者住院时间再长也不能发牢骚。

这就是所谓的"便宜没好货"。

为了避免这一点儿,美国人平时会根据收入投入更高一级的保险,以备万一生病时,能去更好的医院。

当然,大富翁毫无后忧,能够住进医师优秀、护士机灵、设备齐全、环境优美的医院。

总之,医疗方面依然存在着资本主义的原理。

日本式和美国式,到底哪个好呢?见解因人而异,可能会有若干种看法。

医术精湛、经验丰富的医师和刚出校门、初学乍练的医生做手术,收费无差异,毕竟是件荒唐的事情。

这样一来,优秀的医师成长不起来,普通的医师也无需努力。

即使不搞物质刺激,但对医术精湛的医师还是应该给予相应的报酬。

关于医保方面,厚生省①积极出面,健全和扩展专科医生制度,应予赞赏。而对于提供经济保障,依然是一副"与子无关"的态度。

照此下去,社会只会增加注射或卖药的医生。

我在与石川教授推心置腹的交谈过程中,到达了曾经丢过面子、众人翘首以待的福岛。

---

① 厚生省:即"厚生劳动省",相当于"劳动和社会保障部、卫生部"。

哭穷游戏

前些时候,海部内阁部长们的家产被公开了。

据说第一位是中山外相,六亿三千万日元;依次是森山官房长官,两亿三千万日元;石桥文相,一亿三千万日元;大石邮政相,一亿两千万日元。海部总理是九千七百万日元,位居第五。

各大报纸以特大版面登载了内阁成员的财产金额和位次,但是盲信的人没有多少,恐怕还有很多没按时价计算出的财产。如果不了解这些财产的积蓄过程,远远不能显现财产的真实情况。

更进一步地说,如果不了解政治献金的内容,就无法把握政治家收入的真实情况。

我认为,这些人的财产公开与否都无所谓。想公开的人可以公开,不想公开的人可以不公开。

我之所以这样想,是因为我对日本政治家财产公开所显示出的贫穷和部分国民看到这些财产所产生出的嫉妒有些厌烦。

好像每次财产公开,都引起阁僚们千方百计地藏匿和处心积虑地辩解。

比方说，海部首相申报财产九千万日元，按市价包括都内的公寓在内可达到九亿日元。

森山官房长官持有三十二万股股票，面值总额为一千七百万日元，若按时价换算，可达到三十倍以上的六亿日元。

据说，石井国土厅长官拥有十一个高尔夫球场的会员权，但号称能够买卖的只有两个，其他的有出让限制，也不以谋利为目的。另外，他在神户市内有公司，公司资产二十五亿日元。当然，这些财产这次没有申报。

无论什么时候，每当听到种种辩解，就会令人失望和郁闷。

为何就不能老老实实、堂堂正正地申报财产呢？

谁都明白，海部首相十年前所购的三番町一百六十平方米的公寓总价是七千八百万日元。那时候就被认为占了三成便宜，何况现在的市价。

假如现在按原价卖掉那栋公寓，很可能会震惊国民，引起哄抢，陷于混乱。

再拿森山长官的股票来说，谁都知道没按现在的交易价格计算总值。

时价是浮动的，不应该按面值计价，就是按公布前一天的东证[①]股价计算，也说得过去。连炫耀清廉的女大臣都和其他大臣一样隐瞒财

[①] 东证："东京证券交易所"的简称。

产,可就有负民意了。

不只限于首相和官房长官,所有的阁僚都一味地想说自己贫穷。

为什么要装作没钱呢?

理由可能是没钱的政治家容易得到人们的认可吧。也可能是装得穷一点儿,会显得平易近人,容易拉更多选票吧。

遗憾的是,假如政治家都以这样的理由隐瞒财产,装成穷人。在外国人看来,日本这个国家该是多么贫穷呢。

这是个不仅限于政治家,包括选举他们的国民也必须要考虑的问题。

自古以来,日本人以"廉洁"为美德。心地纯洁、没有私欲被视为最佳状态。

这种精神难能可贵,由此又产生出"清贫"这个词。人们崇尚安贫乐道、清心寡欲。

可能是受儒教的影响,德川幕府[1]非常重视这一点,努力将这种思想传播到全体国民中间。这种崇高的思想也被压抑国民的政治家滥用了。

这种思想渗透进了武士道,以贫穷为佳的社会风气大行其道,仇富恨富的极端思想也蔓延开来。

但是人的本性是追求财富、向往富裕的。

---

[1] 德川幕府(1603—1867):又称"江户幕府"。

纵然当局提倡清贫度日，人们内心仍希望得到钱。

虽然表面上崇尚清贫，实际上却是自私自利、贪得无厌。

政治家与平民一样，都想得到钱，都向往富裕豪华的生活。

谁完全暴露这一点，谁就会招人厌恶。为了获得大众喜欢，就得装穷。

政治家装出没钱的样子来，实际是向大众献媚。

这是可耻的政治家，而塑造出这类政治家的却是大众。

因为自己贫穷，也希望别人如此，这种卑贱的自私逼迫政治家装穷。

过去，日本的政治家都很富裕。比如有着巨额财产的藤山爱一郎先生等人，还有拥有很多平民可望而不可即的财富的财主。

如果战前的政治家公开财产，这次位居第一的中山外相难以望其项背。

另外，外国的政治家也都相当富裕。历代美国总统，或拥有辽阔的土地，或拥有巨额的资产。

他们不会做那种隐瞒财产装穷人的小肚鸡肠之事，反倒以拥有万贯财产而自豪，堂堂正正地把财产公开。国民对此并不挑剔和指责。

有钱肯定比没钱好。

常言道："无恒产者亦无恒心。"是说人若没有固定的财产，也就没有平常心。

自己贫穷，大臣也应当贫穷。这不过是平民的嫉妒心作祟。只要大臣没有钱，就可以做平民代表，更是过于单纯的思想。

发迹于贫寒之家的政治家,最大限度地满足私欲的事例不胜枚举。

现在已不是江户时代了,日本人可以为手中有钱而感到自豪了。

本来是想多得钱而做富翁,却又认为清贫是美德,真是件麻烦事儿。

心口不一和逢场作戏不利于精神健康。政治家和平民百姓都不应该再装穷啦。

玩装穷游戏乍一看挺好,实际是让人们看到古老而阴险的过去的日本,令人郁郁不乐。

肉体意识

因某个杂志的约谈,见到了瓦克尔中央研究所的中野所长。

瓦克尔是内衣生产厂的老字号。其创业者是冢本会长,他回厂走在街上,看到蜂拥而至的野妓奔向占领军驻地,开始醒悟道:今后几年会变为西服的时代!

于是,他开发了新的内衣,为今天的繁荣昌盛奠定了基础。

日本战败后,国民陷于最穷困的时候,有人看到嫖娼招妓的占领军,成为坚定的反美主义者,有的人则贴近和讨好这些占领军,想要捞一把油水。

能在这个时候展望到以后的内衣畅销,可以说是独具慧眼,也可以说是高瞻远瞩。总之是独一无二的。

后来,果如冢本先生所预测的那样,内衣的需求有了惊人的增长。

下面是带广[①] 出生的女诗人中城富美子女士写过的诗歌:

[①] 带广:地名,位于北海道中南部。

镜中竟照出没有乳房的我，

　　连鱼和鸟都不原谅。

　　中村富美子女士是因乳癌失去了乳房，后订购胸垫填充。她在日记中说："垫子总在胸口挪动，很难受。"

　　当时的胸垫是用棉花和布做的，很简单，固定也不充分。尺寸有大、中、小三种。

　　我在医学部当学生时，看到过女性时不时地从衣服外面捏着胸垫挪动。

　　好像在跳舞或拥抱之后，垫子会大面积移动。

　　从后来的情况看，女性内衣有了突出的进步。

　　尤其是最近，有人开发出一种由形状记忆金属所制成的乳罩，它接触到一定的体温，就会储存记忆，就是洗得变了形，穿上身也会恢复原状。只是价钱稍高一点儿。

　　当年中村女士要是有这样的乳罩，该是多么高兴啊！

　　据说在中野先生那里，以女性理想的体形尺寸为基础，开发了一种尽量接近客人体形的那种内衣。

　　顺便举一个理想体型的例子，据说年龄二十来岁，身高一米六一的人，体重约五十千克，胸围八十三点四厘米，贴身胸围七十厘米，腰围五十九点九厘米。

　　可能这是根据众多女性的身体实际尺寸和她们认为理想的尺寸推算出来的数值，会随着时代的变迁有所变化。当然也会因文化或生活方式的不同而有差别。

各位读者可能知道胸围 A、B、C 罩杯具体表示什么意思吧。

据说,阅读这份周刊杂志的人以男性居多,也许大部分人不知道。我虽然问大家,其实我原先也不知道,是最近才知道的。

这些标号的尺寸是按胸围和贴身胸围之差确定的,相差十厘米的为 A 杯,以下每增加二点五厘米,分别为 B 杯和 C 杯,以此类推。

因此,D 杯女性内衣的环乳峰尺寸和胸围下部的尺寸之差高达十七点五厘米。

不知何缘故,了解到这些情况,自我感觉知识很渊博,说来不可思议。

好像不少女性对此也不十分了解,应当向她们做个说明。

顺便说一下,现在流行"肉体意识"这种说法。是什么意思呢?可能知道的不多吧。

对于流行的时髦话语,概念模糊的人居多,一旦要求具体地说明,能够回答清楚的人意想不到地少。

实际上,所谓的肉体意识怎样拼写,是何种意思,表示什么,如果细究起来,理应对此最关心的女性也基本上没有人能够正确地回答出来。

以下是我自己查阅的,允许我装作自明地说明一下。

首先,肉体意识即 "body conscious",是对女性优美体形的意识进一步拔高,故开始流行突出胸脯丰满、腰部纤细和臀部圆润的服装。

这种时装总称为"肉体意识"。

肉体意识也就是"对身体的意识"。

能说明白吧。

比如说,这个词可以如下使用。

"由非性感路线而转向肉体意识的女人服饰潮流,升级为富有装饰性的大胆的超短裙,简简单单地就宣告结束了。"(爱甲照子·资生堂宣传杂志)

也许读一下这句话,弄懂其中的意思,就会被时装制造厂采用。话语虽简练,而西洋文字何其多啊。

过去的内衣只为遮盖肌肤,后来发展到兼顾装饰性,现在则增加了矫正体形缺点的功能。

因而人在穿着衣服时和脱下衣服时,体形就会截然不同。

进步的时装挺好的,但一旦掩盖了女人身形的不足,男人就会怀念过去的那种长裙和乳罩。

有肩带的白色的长衬裙是何等艳丽啊。摘下后背带扣的乳罩时,心情是多么激动啊。

乳罩的带扣是何时从后面移到前面的呢?

男人不了解这种情况,摆弄女人后背解扣,曾被女人劝阻道:"扣在前面啊……"

那是个温柔的女性,那时的内衣还很简单。

近年来,女性内衣日新月异,让女性的身体显得越发漂亮,但内衣复杂结实,也许会增加男性的埋怨与辛劳。

酸甜味

现在的水果有点太甜了。

苹果和甜瓜不用说,葡萄和梨也很甜。哪种水果都像加了蜜似的可口。

吃那么甜的水果,难怪孩子的牙会变坏。岂止是牙,身材也在发胖,患糖尿病的孩子也在增多。

不想用"我们小时候……"这句话来否定现在,那时候甜东西实在太少。

正因为太少,甜东西成了贵重食品,能吃到包子或点心会心花怒放。香蕉和甜瓜也很少能吃到。

人之所以觉得红薯比土豆好,是因为前者要比后者甜。

人对甜味的欲求并非始于现在。那位著名的玛丽·安托瓦内特[①]、清朝的慈禧太后都非常喜欢甜东西,能够随意地吃到点心和甜

---

① 玛丽·安托瓦内特(1775—1793):法王路易十六的王后。

品,是当时上流社会的特权。

女性通常要比男性对甜东西的欲求更强烈,好像与女性荷尔蒙有关。

总之,过去只有上流社会的贵夫人才能吃到的点心,现在谁都可以大快朵颐了。

某个时期,人们竞相吃甜食,但很快就知道食物过甜对身体不好。尤其会加剧女性的肥胖。

现在,你只要吓唬一下女性,说"会发胖的",她立刻就会有所反应。

你一说"吃甜东西会发胖的",她就会急急忙忙地缩回手去。

你一说"不活动会发胖的",她就伸胳膊抬腿地活动一下。

还有的人借此谈性:"不做爱会发胖的。"从而巧妙地说服了对方。

总之,甜东西比比皆是,充斥大街小巷,人们越来越敬而远之。

现在的西点也比原来减少了甜味,清爽味的点心更受人欢迎。

对吃甜东西乐此不疲的人,可以去参观一下欧洲生产西点的工厂。看着加入那么大量的蛋黄、奶油和砂糖,恐怕会从内心产生排斥感,从而失去食欲吧。

点心加工厂好像是用砂糖毁掉人的工厂。

当甜味食品被人们既爱又恨时,它的生产者是怎么做的呢?

他们仍在一味地制作甜食。

前些日子看电视,某地举办"葡萄节",陆续播放出一些有着编号的"葡萄女神",大肆宣传甜葡萄。

说到葡萄,我只知道有"巨峰"[①],好像还有几种粒大味甜的新品种。

每一串葡萄都用袋子包着,简直就像对待宝石一样。

一个生产者代表还志得意满地介绍葡萄的吃法。

他说称为"大粒特拉华"[②]的葡萄容易去皮,含到嘴里后,需要用拇指和食指把果肉顶出来吃。

说"玫瑰香"葡萄不容易去皮,需要带着皮含在嘴里,用牙咬破,再用舌头分开。叫"米利"的葡萄要用舌头推到上颚上吃。"开拓者"颗粒大,一个一个剥皮吃才是正道。

我看到这个场面,感到既惊讶又可笑。

吃葡萄竟然让人教。

生产者代表煞有介事地一本正经讲,主持人和嘉宾非常认真听,并频频点头表示理解。

是应该说这些人真有时间,还是应该说他们善于逢场作戏呢?

只不过是吃葡萄,还有什么吃法可讲究。

用手拿着放到嘴里吃就行。

假如硬要讲个吃法,那就是去掉皮、弄出籽来。这种小技连狗猫都会。

[①] 巨峰:日本的一种葡萄,大粒,黑紫色。
[②] 大粒特拉华:一种葡萄,紫褐色,小粒。

以前的少年们在山野中奔跑，随便摘野葡萄吃。即使有人教葡萄怎么摘，也没人教怎么吃——当然也不需要教。

现在生产出的新品种味道甜、外表漂亮，可价格也高，结果连吃法都得讲解。

最后电视台还给那位讲解者颁发奖状，实在令人惊讶。

实际上，培养甜葡萄有百害而无一利。

天然的果实，到了季节就会自然地成熟而变甜，过了时间就腐烂。处心积虑地让其变甜，则完全是人欲驱使的结果。

当然这不仅限于葡萄，橘子、梨和甜瓜都一样。

生产者一味地让它变甜、变大、外表好看。

可能生产者会说：这是消费者的要求，我们只是满足其需求而已。

就像人造美女看得太多会厌腻一样，人们对味甜而好看的水果很快也会厌腻。

近年来，太大太甜的苹果，人们已不再选购。

日餐吃到最后上水果，人们不再喜欢浓味的甜瓜和葡萄，而选用清淡的木瓜和草莓了。

水果生产者应该在培育大而甜的水果竞争中收手啦。如果让甜味无限升级，水果不久就会成为名不副实的水果，就会变得和西点一样了。

好吃的水果汁多、味酸甜，吃它时的口感和汁液飞溅时润喉的感觉才是吃水果的乐趣。

外国市场里陈列着的天然水果，日本的超市里基本上看不到。

哪儿有酸甜的、汁满液足的苹果呢？过去叫"旭日"或"四十九号"的苹果到哪儿去了呢？

酸味是大多数水果所具有的自然味道，对健康有益，但是现在很少看到酸味水果了。

这么说，有时会我也想忠告诸位，莫要让甜蜜而伤感的恋爱感觉，和水果天然的酸甜味一样，悄悄地消逝。

秋刀鱼的悲哀

既然写作"秋刀鱼",那必然是秋天的刀鱼,也是鱼的代表。

据说这种鱼今年捕获量很大,市价大跌,渔民们正在考虑停捕。

超市里一条秋刀鱼不值一百日元,好像比往年价格下跌了近三成。

如此市价,渔民的秋刀鱼还卖不掉,真是越干越亏本。

美味可口的秋刀鱼为何卖不掉呢?

其最大理由是秋刀鱼不再合乎城市人的生活需求了。

对于住在狭窄公寓里的城市市民来说,烧出烟的菜是不好做的。

夕阳已西下,

盐烤秋刀鱼。

袅袅燎烟升,

秋日多晴朗。

楸邨

过去的秋天，烧烤秋刀鱼的气味儿是诱人的情趣，而现在不少人说："闻到那味儿就厌腻，可不能在住宅新村里散发这样的气味儿。"

何况家庭主妇也讨厌烤鱼。

袅袅炊烟起，

盐烤秋刀鱼。

炭火燃烧处，

妻子在忙碌。

誓子

现在已很少看到妻子在烤鱼的炊烟中活动的身影了。

还有不少人嫌吃起来麻烦，要求烧烤前把细骨剔掉。

看来，是餐饮的西方化导致了秋刀鱼人气下降。

进一步说，秋刀鱼属大众鱼、普通菜，家里散发出烤鱼的炊烟和气味儿，等于在向左邻右舍宣告吃廉价鱼。

当然，无论如何贬损，秋刀鱼都是好吃的鱼。旺季时的秋刀鱼很肥，用炭火一烤，吱吱地冒油。

这鱼就是做成生鱼片也好吃。

拍松后放上姜末和酱油，不亚于鲣鱼的风味。

我认为用低价买到那么好吃的东西，是占了便宜。不过说实话，东京的秋刀鱼不太好吃。

东京超市里贩卖的秋刀鱼基本都是冷冻的，有的也撒着薄薄的一层盐。无论冷冻技术如何高超,新鲜的鱼和冷冻的鱼味道明显不同。即使看起来差不多,吃起来味道相差甚远。

撒过盐的秋刀鱼更是难吃。

据说去年秋刀鱼丰收,捕获量超过往年十万吨。苦于滞销,有人把剩货存入了冷库。

那冷冻了一年的秋刀鱼卖给谁吃呢?

不只是秋刀鱼,所有的鱼皆以新鲜为命根子。没有鲜度的鱼一文不值。

无节制地捕捞,过于依赖冷冻保鲜技术,卖不掉的冻起来,次年再推向市场。

这样向市民供货,根本就无法招徕平时就不喜欢吃鱼的城市人。

秋刀鱼滞销,而鰤鱼和鲣鱼等高级鱼却畅销不衰。好像虾的销量也在增加。

据说除了秋刀鱼,沙丁鱼、乌贼鱼等大众鱼的需求量也在年年减少。

究竟是谁规定鰤鱼和鲷鱼是高级鱼,秋刀鱼和沙丁鱼是大众鱼的呢?

我喜欢的鱼基本上都被说成是大众鱼,我对此感到不满。

如果为它们辩护,我说秋刀鱼和沙丁鱼一点也不低级。

它们之所以被称为大众鱼,仅仅是因为量大价低。

和鱼的味道毫无关联。

与上述大众鱼相比,好像竹荚鱼居于比较好的地位。

这种鱼味道与秋刀鱼和沙丁鱼没有两样,是因为存量少而难捕获,才占据中级鱼的地位。总之,按照销售价格评定鱼的等级,一次能够大量捕获的鱼吃亏,其实力被无情贬低。

捕获量少的鱼超出实力地赚到便宜。

这种现象类似于人间社会。

所谓高级低级,并非一成不变,而是随着时代变化而变化。

很好的例子是鲱鱼。过去的鲱鱼常常大量涌来,一下子捕获很多,成为供过于求的大众鱼。人们一部分生吃,大部分劈开晒成鱼干,或把它当作肥料。

现在已捕不到鲱鱼,鲱鱼转身成了高级鱼。

我知道过去鲱鱼甚多,现在量少价畸高,我看到鲱鱼,就像是突然看到了暴发户。

另外还有几种类似的水产品。

过去谁都不理睬的虾蛄或章鱼等,现在在寿司店里逞威风。鸟蛤是不能生吃的东西,现在也上了餐桌很骄傲。

大家公认的高级鱼是河豚。

江户末期,长州人吃河豚中毒,死了很多人。于是政府发禁令:不准吃河豚!历史上有这记录。河豚遂成了人人喊打的鱼。

可现在它成了堂堂正正的高级鱼,甚至连河豚专门店都被称为高级饭庄。

黄鮟鱇也属这种鱼。

高级鱼、大众鱼不过是根据一时的产销情况来划分的。

秋刀鱼也不会永远是大众鱼。

刀鱼的生活习性过于规律,每年一到秋天,就会成群结队向日本海周边集结。

它们被大量捕获,市场供大于求,导致价格下跌,沦为大众鱼。

也许以后秋刀鱼会像鲱鱼那样,不再涌入日本海。

对啦,秋刀鱼暂时不来日本海,身价就会提高。到了秋天,它们只要悠闲地游荡在千岛列岛到阿拉斯加一带,市价就会大涨,人们都会争着购买。

总是忠诚地游来游去,就会被忽略价值而遭到慢待。

这跟偶尔找到父母要点零花钱的儿子要比同父母生活在一起的儿子更可爱是一样的。

人和人之间也不要靠得太近,有时也需要适当拉开距离。

卖油的娘子用水梳头

我最近因患五十肩痛症左胳膊抬不起来。

大约从两个月前,活动肩膀就有轻微的疼痛,最近半个月疼痛突然加剧了。

之前心想与其安静地等待好转,不如稍微活动一下,结果打高尔夫球加剧了疼痛。

胳膊好不容易才举到肩膀,基本上不能向后活动。穿衣服也困难,要先穿好左侧才能穿右侧,好歹能穿上。

早就想到自己迟早会得五十肩痛症,现在应该说是"终于得了",还是应该说"还是得了"呢?

这种病很出名,较普遍,正确的叫法是"肩关节周围炎"。

这是侵袭四五十岁以上中年人肩关节周围的慢性炎症,主要是关节囊、韧带、肌肉等受到侵害,伴随着疼痛,运动受限制。尤其是年纪稍大的女性,常为系不上腰带而发愁。

病根是环绕肩关节肌肉组织的血液循环不好,说得通俗一点,就是一种老化现象。

治疗一般采用局部的热水浴、按摩、电疗等方法,来促进血液循环,有时用止痛药。

也许有人认为我懂这个。我当过整形外科医生,这方面的知识当然具备。

岂止自知,以前还经常收治五十肩痛症的患者。

根据我的经验,症状大约持续半年到一年,自然就会好,这样的例子很多,个别的会进一步恶化,肩膀完全不能动了,也有成为冻结肩(冻肩)的情况。

在疼得厉害时,往关节内注入肾上腺皮质激素比较有效,只要坚持按摩或洗热水浴,几乎所有的病例都能治好。

这样治疗奏效,受到很多患者的欢迎。

尽管我治愈了很多患者,却治不了自己的这种痛症。

多么悲哀,多么无情!

有这方面的知识和经验,为何治不好自己呢?可能是知识和经验欠缺太多。

首先是往关节内注入速效性的肾上腺皮质激素,找不到做得好的整形外科医生。四处找起来,会有意想不到的麻烦。

总不能突然跑进附近的医院,对医生说:"请将药物注入我的关节内!"这样做也不礼貌。

这要比向傲气的司机说明道路怎么走还艰难。

特别是将药物注入关节这种对疼痛敏感且易感染的部位,需要一定的技术含量和充分的术前消毒。

即使医院的医师答应给做,效果未必能像自己预期的那样好。

如果碰到刚出大学校门两三年的新任医生,他会不会以奇特的方式注入呢?

总不能颠倒医患位置,自己一边袒露着肩膀,一边指导他"应当从这边注入"。做法不合适。

万一对方知道我的名字,会不会因此而紧张,最后出现失误呢?

记得我刚当上医师时,做手术手哆嗦,出现过各种失误。他们也可能出现类似情况。

自有一星半点知识和经验,反倒加剧了自己的不安。

就这样,我放弃了往关节内注入药物的方法,依靠按摩和洗热水浴来理疗。

可是,理疗完全不起作用。

主因是血液循环仍然不好,如果血液循环正常了,疼痛就会消失。现在要等着血管慢慢地扩张和延伸,所以见效甚慢。

病痛仍在折磨我,不禁着急起来。

我曾劝导患者:"要耐心一点儿!"但轮到自己就不行了。

偏巧是在打高尔夫的秋季。

因为痛在左肩,好歹能向后挥杆,但是胳膊返冲回来的瞬间,肩膀就会一阵疼痛,因而眼睛不能跟踪球迹。

这样一来,自己先天性的右曲球就更加右曲了。

勉强地打球,肩膀的病症渐渐恶化,比分降得很低。

没法早点治好吗？总不至于成为冻结肩吧。此时此刻，容易让人想起不好的病例。

病未治愈，情绪急躁。不，这病治不好。

这种情况叫"卖油的娘子用水梳头"。

于是我开始不顾羞耻地向各种各样的人探寻疗法，结果方法多得惊人。

有人说某地的针灸疗效好，有人说用指压疗法很快治愈。也有人说某地从按摩脊柱疗法开始，用特殊的针再往局部注射麻药，一次就能治好。

应该选择哪种方法呢？

这次又因这方面知识太多，而犹豫不决。

针灸、指压或按摩脊柱疗法各有一番道理，我认为不会立即见效。尤其是往局部注射强有力的药物，因为是在关节周围，弄错一处就很危险。

挑来捡去，下不了决心用那种方法。留意看到湿敷用的芥子毛巾搭在肩上，就抓起来轻轻揉搓肩周。

过去的名医也提倡过，这样揉搓患病部位就是所谓的原始治疗法。

现在才想起患者曾问我："为什么疼呢？"我回答："老化现象。"

当初应该更加温和地说："因为长时间使用，用过了头。"

"患过这种病的人，将来会成为治疗这病的最优医师。"

但是，为时已晚。

今天是S社的文坛高尔夫球赛,但我因自己的病痛与其失之交臂,只能待在房间里,时不时揉揉肩膀,挥笔写这份稿子。

尽管老名医丢尽了面子,但稿子能顺利地提交,责任编辑就会很高兴。

在亚特兰大

我现在来到了美国南部的亚特兰大。

这座城市是乔治亚州的州府,人口二百五十万,作为美国新经济增长点的中心,是全美发展最快的城市之一,城市中心林立着现代化的超高层大厦。

日本的企业也参与其中,日本航空公司于三年前开通了直达航班。

也许很多人认为这是个经济效率高而缺乏风趣的城市。然而,现代化的建筑群只是亚特兰大的部分面容。

这里曾经是南北战争时期南军的盘踞地,郊外至今保留着古老优雅的南部面貌。

只有中心城区大厦鳞次栉比,民居大都散布在郁郁葱葱的广袤大地上,每一栋房屋都坐落在浓绿色的静谧之中。

大部分旅馆和超市位于森林和树林之间,远离了那种匆匆忙忙的现代化氛围。

这座城市也是玛格丽特·米切尔闻名遐迩的《飘》的创作舞台。

实际上,我这次访问亚特兰大的目的之一也是为了追溯这本小说的踪迹。

当然小说属虚构,出现在小说或电影中的房屋、农场等也并非存在或原封不动地保留着。

据说在南部的梅肯,斯嘉丽·奥哈拉所爱的艾希礼的家和同样结构的旧邸都保留在森林中。

这是具有南部特征、有着白色圆柱和阳台的宅邸。你站到前面,仿佛扮演斯嘉丽的费文丽马上就要掀着礼服的两侧跑出来。

另外在城市中心部的桃树街,保留着米切尔创作小说时居住的砖结构寓所,可惜已失修。

这个城市里还有终年只放映由《飘》改编的《乱世佳人》这部电影的电影院。

社会上一般的人对于《飘》的关注度未必很高。

当然,知识分子基本上都知道,但至今没看到有重访小说的人物原型和想要保存相关古迹的社会活动。

我觉得珍贵的文化遗产应该全力保护,但是《飘》在黑人看来,应是具有种族歧视的小说。

在改编的电影中,肥胖的黑人女子作为佣人,殷勤地侍奉斯嘉丽。在各种场面中,黑人的身份都是奴仆。

对黑人来说,看《飘》这部电影,不管愿意与否,都会被迫想起过去屈辱的历史。

这座城市恰恰也是黑人解放运动领袖马丁·路德·金牧师的出生地。

亚特兰大人口的三分之二是黑人,市长也是黑人,这座城市对于这部名作的古迹保存一点儿也不积极,可能原因就在这里吧。

一般认为,米切尔故居的失修也与此相关。

当地人对世纪的名作感到头疼和不置可否,可能是时代的潮流吧。

不知什么原因,我刚到亚特兰大就受到了严酷寒流的袭击。

据说这一带的气候和东京相似,但温度略低,户外的景色要提前一个月。现在树木已凋零,树林中的小径满是落叶。

据说今天的最高气温是六摄氏度,跟待在冰箱里差不多。郊外环绕着若干个高尔夫球场的拉尼尔湖水温比较高,湖面整天都被水蒸汽覆盖着。

同样都是寒流,好像日本的寒冷有点稳重,这边的寒流毫不留情,寒风迎面呼啸而来。

也是因为被寒冷冻得发抖,晚上才在西餐馆吃了一顿鳄鱼肉。

进西餐馆时,本没打算吃,但是菜单上"短吻鳄"几个字映入眼帘,想起了雅克的帕里西,就订了一份。

原以为鳄鱼肉会发硬或发臭,怎么也吃不了一半,没想到肉很好吃。

吃起来像鸡肉,但比鸡肉略肥一点儿,有嚼头,没邪味儿。

这肉不错,甚至比鸡肉好吃,也难怪帕里西爱吃。

我重新认识到:不仅仅是人不可貌相,食用肉也不能只看表相。

时差影响

这件事儿迟早要写,就趁现在的机会写吧。

在西雅图和亚特兰大转悠完,在美国的工作就结束了。突然又想去巴西,便经由迈阿密前往里约热内卢和圣保罗。

圣保罗处于南美洲的巴西,距大西洋海岸线 72 公里。从日本看,相当于在地球的背面,确实很远。

特别是回日本时,乘飞机需要二十四个小时,旅途相当疲惫。

途中在洛杉矶转机,需静候两小时,其余时间都坐在飞机上。

我当学生时,从札幌到东京,乘坐火车和轮船,花了二十五六个小时。与此次返程耗时差不多,但现在没有当时的体力。

再说札幌与东京之间没有时差,圣保罗和东京之间则有十二个小时的时差,呈昼夜颠倒的状态。

我原本不太在乎时差。

多年来,我每天想起床的时候就起床,想睡觉的时候就睡觉。每天都过着有时差的生活,多少有点时差也不在意。

但这次有点让人吃不消。

深夜一点多离开圣保罗,第二天下午一点多到达日本,连续飞行了二十四个小时。

离开机场,直接回到家,傍晚开始睡觉,深夜两点左右醒了过来。从那以后,每天傍晚就发困,深夜一两点钟就醒过来。一直持续这种状态。

这对乐于深夜工作的夜猫子型作家再好不过。我工作本来就没有规律,不论白天还是晚上,想写就写。一般到了交稿期限才写,不到期限不动笔。

因为去了趟外国,现在快到交稿期限了,仍不想提笔。相比时差,没有写的劲头更是个问题。这究竟是受时差影响,还是有了懒惰的毛病呢?

从圣保罗一口气赶回来,赶上了日本棒球联赛的第六场比赛。

因为北海道出生的若松勉等选手是我的老乡,我成为益力多的球迷。益力多不出现时,则成为巨人队的球迷。

就是说,最好的球队不出现时,就要为较好的球队助威。

起初巨人队连连失利,后来奇迹般地逆转夺冠,应是喜忧参半,结局还算不错。

巨人队夺冠可能有各种各样的理由,但藤田教练的存在至关重要。与其说是他战术上安排得当,莫如说卓越的领导力出人其右。

看了比赛,感觉藤田教练令人钦佩之处是,无论情势如何,都保持镇定,表情温和,意志坚定。可能内心充满不安,却丝毫不表现出来。

看到那温和的表情,精神受挫的选手也会重拾信心,最大限度地发挥自己的力量。

一般来说,感情容易外露的人不适合做教练。这与古代战场的武将和现代军队的司令官一样,心如止水、指挥若定的人才能胜任。这是兵法之要点。

尽管如此,有些感情容易外露,适合做演员的人却做了教练。

这样的人应该好好地学习藤田教练的风度。

藤田教练不仅沉着内敛,而且脑子也好使。这一点充分表现在夺冠后与记者的会面中。

或者说不仅脑子好使,还长于驾驭人的手段。

他是个一心一意地为棒球而活的人,可能对人也很有识别力吧。

益力多球队也希望有这样的教练。

在联赛圆满收官后,电视上播出了盛大的祝捷场面。

全体与会人员满面喜悦地举起啤酒干杯。

接下来又是人与人相互泼啤酒取乐的那种情形,我怎么也不能接受。

把啤酒浇到别人身上,自己也浑身湿透如落汤鸡,就没有别的形式表示喜悦吗?每次都这一套,显得很幼稚。

而且说实话,这样浪费啤酒十分可惜。

也许别人会说我小气,我没见过别的祝捷大会上有泼啤酒取乐的情景。

如果每年都是互相泼啤酒趣闹,那就失去了观看祝捷大会的兴致。

可能是白天看棒球比赛的缘故，一到傍晚又睡了，醒来已是深夜。清醒了几个小时，又睡过去了。

虽说时值秋天，却有"春眠不觉晓"的那种感觉。

当下，巴西即将步入夏天，里约热内卢的科帕卡巴纳海滩上挤满了身着袒胸露背游泳衣的女性。

海滩周边旅馆林立，干线公路绵延向前，汽车喇叭声和摩托车轰鸣声此起彼伏，难得一见的美女和蓝天碧水的海岸线折损了优雅的风采。而且醉汉和推销商品的人交替出现，就是恭维也不能说是浪漫。

湘南海岸线也一样，公路蜿蜒在海边和旅馆之间，车辆频繁往来，没有其他海滨雅观和静谧。

理想的度假地应是旅馆的后面与沙滩和大海相连接，公路经由旅馆之前，最具代表性的地方是美国的夏威夷。

如果是这样的布局，可以从旅馆的阳台上眺望蔚蓝色的大海。

但是里约的海滩有点喧嚣，甚至有点脏。不过巴西是个光明而开朗的国家，在那里，人们和睦相处，工作的事和明天的事都会忘记。

那里是地球背面的人间乐园。我要是这么说，早先的日本移民或日裔青年可能会嘟哝一句：

"生在日本、死在日本才是最美好的。"

我们待在日本没有了这样的感觉。

两件害羞的事儿

十一月三日文化节,我得了奖。

不过不是政府颁授的勋章。

是一个叫"民族服装普及协会"的组织,颁给了我"和服文化奖"。

为什么颁奖给我?我莫名其妙。

突然通知我去领奖,我问:"为什么?"对方说:"因为您对和服的普及启蒙做出了贡献。"

但是我不记得自己曾为这种事情做过贡献。

我仍一头雾水。在一旁的编辑Z君告诉我:"意思是说,您是最会穿和服的人!"

要是这样的话,就不觉得有多么难为情了。

我偶尔会穿和服,也许是有人看到我那样的打扮就给推荐了。

Z君接着补充道:"因为现在穿和服的男性基本上没有了。"

那就是说,他们找不到合适的人选,没办法才给了我吗?

我想任性撒泼,他安慰我说:

"您穿和服很合适啊。"

他这么说,我还有一点想不通。本来,和服设计得适合短腿、腰身长的日本人穿。尤其是中年人,可遮挡开始隆起的小肚腩。

我问:"是这种意思吗?"

Z君不吱声。

他赞同别人的意见时,总是不吱声。

"也许是因为你在多部小说中写过穿着和服的主人公。"沉默了片刻的Z君突然开口说道。

确实,我的小说中偶尔会有穿着和服的女性出现。

女性当然是穿西服者居多,也许是我常写穿和服的女性而引起了人们注意。

我之所以经常写和服,是因为和服在任何时代都吃得开。

与和服相比较,西服的种类太多,虽时尚却样式多变。

写连载时的最时髦西服,到了出单行本时,就变得不时髦了,等出文库本时,就因样式陈旧被淘汰了。

由此来看,只有和服可以超越时代,历久弥新。

假如是他们承认了我对和服的不变情愫,颁奖给我是可以理解的。

说要颁奖给我,起初以为默默接受就行,后来说要在大冢[①]的教育文化会馆大厅举行名誉总裁三笠宫妃殿下出席的颁奖仪式,需到会

---

① 大冢:地名,位于东京都文京区西部、丰岛区东南部。

受奖。

这么多繁文缛节,曾想拒绝受奖,但又不好开口。便决定穿上一年只穿一次的西装,系上领带前往现场。

出席了颁奖仪式,才知道夏威夷的乔治·良一有吉知事此次荣获了国际和服文化大奖;长年在秋田从事紫草根染研究的小栗文一郎和竹田偶人座座长竹田扇之助先生等同获了传统文化奖。他们都是些长期从事传统文化研究的人。

像我这样的人和这些名家一同受奖,觉得十分抱歉。不管怎样,先老老实实地给大家鞠躬,再领取奖状和一笔钱。

奖状上确实写着"您为我国民族服装的普及启蒙做出了贡献……"等字眼。"民族服装"这个词有点听不惯,但和服确实是日本的民族服装。

这样,自己下次再穿和服外出时,就说:"穿民族服装去!"

话虽如此,没做普及启蒙的事儿却领了奖,仍觉得不好意思,硬被说成是"意想不到的幸运"也没办法。

两天之前即十一月一日,又发生了一件不好意思的事儿。

我从象棋联盟领到了五段证书。

颁证的理由自不待言,不是因为有实力。

因我在某本杂志上连载了一年关于象棋的对谈,就说我为象棋的普及做出了贡献。

象棋联盟允许我每月与各种各样的人设局对垒,最后能拿到证书,是值得庆幸的。

原来我有二段证书,这次是连进三级,成为五段。

到了五段,证书的内涵就不一样了。

二段证书上写着"夙精心于象棋,钻研不怠,进步显著,予以承认,特允许二段"。五段证书上则写着"夙擅长象棋,修行得宜,熟达益厚,予以承认,特允许五段"。

顺便说一下,这些文辞是泷井孝作先生编写的,好像各段内容都不一样。

二段是"钻研不怠",五段则成了"修行得宜,熟达益厚"。

自觉受之有愧,更是不胜汗颜,但是也不想谢绝。

熟达暂且不伦,毕竟修行过,一半说得对。

开头的"夙"和结尾的"允许"知道是何意吗?

都不是常用汉字,读"tutaoni""inkyo"。"夙"是"自先前""从以前"的意思,"允许"则是"许可"的意思。

五段证书由二上达也会长、谷川浩司名人、大山康晴十五世名人和岛朗龙王四人共同签名。在昭和五十年①拿到的二段证书上,只有冢田正夫会长、中原诚名人和大山康晴永世王将三人的署名和印章。

只要看到这些署名者,就能感受到时代的变迁。

不管怎样,在相隔了十四年之后终于升段。虽然相隔时间很长,

---

① 昭和五十年:公历1975年。

但一下子晋升三段,不能发牢骚。

进步大是好事儿,但也带来了烦恼。

以前拿到二段证书,自我吹嘘实力有三段。现在拿到五段证书,实力还是三段,所以很纠结。

以后去到那个道场都会输,最好跟谁都不下棋。

只要不比赛,就不会输。

羞愧也以此为限。

一切都是辩解

这一周之内去了德岛,飞到了札幌,又从奈良绕过了三重。

可以说是转得眼花缭乱,或者说是沉不下心来写作,导致报纸连载小说的库存成了零。

就是说,如果今天还不写,明天报纸的小说栏目就会成为白版。

只是想象一下,就感到不寒而栗。

但是人一旦放纵自己的懒惰,就很可怕,反复几次,就会满不在乎,把什么都不放在眼里:哎呀,总会有办法的。

有办法倒好说,可不一定什么时候就会出问题。

我反复对自己说:"要警惕!"但很快又会忘记。

这就叫"好了疮疤忘了疼"。

当然这个也有可辩解之处,我之所以能悠闲自在地拖到交稿期限,得益于有了传真这种极其便利的机器。

因此,可以在写好的同时向编辑发送稿件,对方做好校样,马上传送回来。

人在日本不用说,在世界各地都可以瞬时发送稿件,再便利不过了。

然而,文明利器在使人生活充实的同时,也使人堕落。

岂止如此,生活越是便利,懒惰越是成性。

以前没有传真机,必须及早备稿,至少存有可以连载三四次的文稿。

现在利用文明利器,莫说有连载数次的存稿,每次都是当天完成。

真是越是便利,人越是堕落。

当然不是所有的作家都像我这样懒惰。

和我关系亲密的某位作家说,最低要有一个月的存稿才能放心。有人甚至有着两三个月的余裕,故而写得从容不迫。

以前,新田次郎患狭心症突然去世,其连载小说在其离世后持续刊登了半年,我曾经为之赞叹,也感到惊讶。

要是我突然去世了,连载小说从第二天就会戛然而止。

但这样也觉得痛快,但是想想下面的事情,也觉得有点寂寞。

前几天,我去银座的饭馆,那里的老板娘认真地问道:"安芸和抄子下步会怎么样呢?"

安芸和抄子是小说《泡影》中的主人公,我是这本小说的作者。

然而我却张口结舌,答不上来。

"怎样写好呢?"我反问她。

老板娘惊讶地嘟囔了一句:

"难道还不确定吗?"

说实话,我也不知该如何续写。应该说下面要任凭自然,任凭当天的思考,不,要任凭情绪。

这么不负责任的我也想申辩一句。

报载小说的读者会每天阅读,写的人也以当天写为好。

这并非完全没有理由。

集中写下几十页纸,再根据每天的刊载量机械地分开,实在让人觉得乏味。这样也失去连载小说的妙趣。

报纸的连载小说还是每天写一篇好。

话虽如此,在交稿期限前每天写一篇,总不如提前一两天写从容。

这种情况并非不了解,而是做不到。

想做之时,手中如有存稿,就不知不觉地拖了下去。

以前,野口英世手中一进来钱,就当天全部花完,留不到第二天。后来当了洛克菲勒医学研究所的主任研究员,领到了年薪六千英镑的高额薪金,也没改掉这种习惯。

其理由是自幼贫穷,当天过当天的生活,于是就养成了当天把钱花光的毛病。

我的创作与之相似。

长期以来,一直是快到期限才交稿,手中要是有一星半点的存稿,反倒沉不住气。

坚持说这样的话,说不定什么时候会遭到报复。不可预测的是身体状况。健康的时候好说,假如生了病,马上就会束手无策。

更为难的是责任编辑和绘制插图的画家老师。

每天都在截稿时才交稿,他们一直提心吊胆。

当然,编辑最近也习惯了,哪怕次日的刊载内容尚未交出,也只是不慌不忙地打电话:"快到截稿期限啦!"

长期以来一直是这样交稿,彼此建立了一种难言的信赖关系,我也变成厚脸皮了。

比编辑更受牵累的是画家老师。

他需看完作家的稿子后才能配图,稿子截稿时才到,就没有时间看。

我公开这样的事儿不知是否恰当,内心稍有顾忌。那就是画家迫不得已,只能画一张与小说内容无关且无论什么都能用的插图。

这种情况,画得最多的是花。无论小说的情节是什么,都可以用。

读过 Y 报上我的连载小说的人可能有所察觉,最近其中的插图一直是花。

值得称道的是,画家酒井信义老师的插图画法高超。他本来就是静物画的丹青妙手,花儿自不在话下,水果或植物的果实,还有玻璃酒杯或装饰品等,每张画都富于情感并赋予生命。

这种若即若离的文章间隔确实好。

这么说,也许会遭人斥责:"你是想以此来作为交稿延误的理由吗?"

确实也有这种想法,有句话不是叫"坏事变成好事"吗?

在有意无意辩解的过程中,页数到头了。我让负责随笔插图的田中靖夫先生和编辑 K 君为难和负累,故带着歉疚的心情写成此文。

红叶和逝去的人

时隔很久又来到广岛。

我应邀参加在县民文化中心举行的广岛文化奖颁奖典礼并做纪念讲演。

我本来不擅长讲演,之所以接受邀请是觉得广岛这个季节的红叶分外漂亮,酒也好喝。

讲演只是名义上的,实际是被食欲驱使和景观吸引才答应前去的。

讲演结束后,当地的人盛情相邀:"看看宫岛的红叶吧……"我非常动心。

可是,当日的稿件还没写好。

无可奈何,决定先不去观赏红叶,把自己关在旅馆里勉强地写稿子。

这种时候往往企盼下雨。如果下雨,就会彻底死心。

可恨的是外面天气晴朗。

寒冷已逼近,从旅馆的窗户里看出去,元安川堤坝的树叶已变得很红了。

想不到要背对良辰美景写稿子,似乎来广岛是为写稿子的。

七点多钟,外面已一团漆黑,好歹写完稿子,用传真发走了。

此后我和等着我的U先生一起去了药研堀的河豚餐馆。

虽没看到红叶,可到了餐馆,这样就达到了来广岛的一半目的。

不管如何,今年没赶上赏红叶。

十天前从大阪经明日香① 去室生②,此地的温暖造成了红叶变得过早。

据说晚秋的骤冷会造成鲜艳的红叶。如果太过温暖,叶片尚绿,叶缘就会干缩。

此时叶不变红,不久就会凋落。

叶子的生理顺序是从新绿变为浓绿,再经骤冷变成红叶,然后掉落。想象一下,叶子不经过正常的生长过程,颜色还发绿就凋落,是挺可怕的异常现象。可能是地球变暖的一种征兆吧。

据说以前在京都,也是十一月的第一周是观赏红叶的最佳时间,后来却跨越第二周,推迟到了第三周。

不,根据年度气温的不同,有时第四周才是最佳观赏时间。好像

---

① 明日香:地名,位于奈良县高市郡。
② 室生:地名,位于奈良县东北部。

今年是推迟到了二十号以后,而且颜色也不鲜艳。

好像红叶也随着年代更迭越来越不好伺候了。

深夜阅读朋友送给我的据说是写我的事儿的《千叶敦子的泛读日记》。

小标题写着:"三百六十五天的读书笔记·作者全力挣扎着度过了有限的人生,其身旁总有刺激自己的很多书。"

赶紧开始泛读,比较靠前的地方有下面一段文字:

> 昨晚之所以买八册渡边淳一的书,是因为我想要写一本名叫《癌患者的人生》的书,想从医生兼作家的渡边淳一著作中,找到可供参考的东西。打比方说,他的作品《花埋》就令我深受感动。

读罢我感到惊讶,再读下面的文字,感到更加惊讶。

> 我的女朋友们都说:"渡边淳一不会描写女人。除了女医生以外,其他女人都是作为性交对象来描写的。"我没看过他的多少作品,也不能说什么。
>
> 唯有一点可说,那就是我不愿意读和酒吧女郎对话冗长的小说。那些在这种地方长期厮混的男人,精神生活总归是贫乏的。从一开始就对他们不感兴趣。

根据书上所介绍的经历,这位作者毕业于学习院大学,做过新闻记者,后来留学哈佛大学。担任过海外报刊的东京特派员,昭和五十六年①患乳癌,接受过手术,后来比较活跃,好像是两年前的昭和六十二年②去世的。

好像她生前就作为日本的知性女性代表而受到瞩目,临死前因《好好地死乃好好地生》等著作而更加出名。

只介绍她"昭和三十九年毕业于学习院大学",没写出生年月日,不知道准确年龄,好像去世时四十六七岁。

好像是个了不起的文化人,承蒙这样的人阅读拙作,从内心感到高兴。但她似乎对我也有所误解。

比方说,她的朋友云云这部分,我不记得曾在小说中只把女医生写得很棒,而把其他女性全部作为性交对象来描写。

当然,见解不同。如果众人皆说我是那样写的,那我只好点头承认。就算是那样,为何还要对这样的事情吹毛求疵呢?

男人看女人时,好像总是作为性的对象来看待,这才是男人。如果有人说这样很讨厌,那我也无话可说,但不能从根本上否定男人的雄性本质。

进一步地说,她指责"长时间待在酒吧的男人,精神生活总归是贫乏的",总觉得气量有点小。

---

① 昭和五十六年:即一九八一年。
② 昭和六十二年:即一九八七年。

我不太愿意向离世的人发牢骚,但千叶女士的见解太过耿直、太过专心,好像是个爱钻牛角尖儿的人,看了以后让人感到郁闷。

也许是因了患乳癌这种绝症,可否再稍微慢一点、角度再广一点儿地审视人生并积极生活下去呢?

她确实是个很知性的人,也许她周围尽是这样的女性,但这种知性也有点表里不一。

有的人一本书也不看却很会解读人或看人生,有的人虽然脑子好,读书很多,却不易从一个框框中摆脱出来。

所谓的知性女性好像也分强硬派和温和派两种。总而言之,千叶女士是个唯有大脑领先的强硬派人士。

话虽如此,我为没能在千叶女士生前与之见面、失去了谈话的机会而感到遗憾。

活体肝移植的周边

"内科医生什么都知道,但什么都不做;外科医生什么都不知道,什么都做;精神科医生什么都不知道,什么都不做。"

说这样的话,也许会遭到很多医生斥责,甚至会遭到痛击:你不当医生啦,不许乱说!

这不过是句俏皮话,最近推出的东京女子医科大学太田和夫教授撰写的名为《为何需要器官移植呢?》的书中也做了引用。

这句俏皮话有点尖刻,却点明了各科医师的气质和特征,有意思。

确实,内科医生爱做各种检查,类比推理,但在治疗上有点令人着急。

与之相比,外科医生有时不怎么考虑全盘就采取行动(手术)。

所谓的精神科医生什么也不知道,意思是说,学了很多知识,实践经验也有,做起来却很难,和什么也不知道一样。

在医学院学习时,可能会觉得各科都一样,毕业后被分配到各科,就变成了该科医生的类型,这让人感触良多。

我曾经是整形外科医生,属于"什么也不知道,什么都做"的类型。

总之,在医学部,考核成绩好的人到内科去,体力好且有自信的人到外科去。由此来说,我的成绩是能够想象得到的。

如果说行动重于思考,也许会有人害怕做外科医生,但是这种勇于挑战的精神,对于外科医生来说,是必不可少的。

内科医生从身体表面做各种类比推理,看着像那么回事儿。外科医生则经常被迫当机立断。有时即使没有把握,也要下决心去做手术。

从体外弄不明白,打开看看内里,在此基础上再思考下步何去何从——外科医生需要这种积极性和主动性。

如果只是袖手旁观,患者可能会死掉。

现在人们议论较多的是岛根医科大学的活体肝移植,从某种意义上说,可能是其他治疗手段没有把握才进行手术的吧。

写这篇稿子时值十一月二十七日,接受过手术的裕弥君已顺利地康复了。医师团宣布:他已经能自理并开始喝牛奶了。

让人听了很受鼓舞,但在这个时候庆贺也许为时尚早。

之后未必不会发生排异反应或感染等症,其在世期间,不得而知的部分很多。

这种活体肝移植的手术在全世界仅做过三例,生存时间最长的受者仅存世三个月。

医师团为何下决心要做这种前景未卜的手术呢?

这里需要弄清楚的是,所谓的肝移植和活体肝移植不是一回事儿。移植场所可能相同,但前者是从脑死亡的人那里获得肝脏,后者则是从健康人那里获得肝脏的一部分。

从世界范围看,肝移植的病例很多,相关资料也完整,手术后的效果也良好。

特意进行个例较少的活体肝移植,是因为在日本脑死亡得不到承认。

如果脑死亡得到承认,也许就只考虑肝移植的方法。

换言之,这次的活体肝移植,是在尚未承认脑死亡的日本所能采取的唯一方法。根据不同的见解,可以称作"不能进行肝移植的次善手术"。

在日本,假如从脑死亡患者那里摘除肝脏进行移植,那会怎样呢?

作为法律禁止的医疗行为,理所当然会遭受调查和处理。

关于脑死亡,因各国国情不同,见解多少有些差异。多数人认为,应是包括脑干死亡在内的全脑死亡状态。这种状态不仅无知觉,自主呼吸、瞳孔反射、喉头反射都没有,摘掉人工呼吸器,马上就陷于死亡。

即便处于那样令人绝望的状态,被摘除了肝脏,手术医师也很容易成为杀人者而接受法律审判。

即使供者生前有承诺,家属也谅解,但触犯了法律,必须接受审判。

日本拥有较高移植技术的优秀医师,不敢着手肝移植的最大障碍,就是害怕被人追究法律责任,成为杀人嫌犯。

另外，纵使有医师富有挑战精神，敢为天下先，但其领导或上司持反对态度，也只好放弃。

这样一来，虽有优秀的技术，却无法发挥。这对外科医生来说，会产生焦躁的情绪。

这次的活体肝移植等于在这方面开了一个突破口。

也就是说，因是活体肝移植，直接切取健康人的部分肝脏，触及不到脑死亡这一问题。

只是疗效如开头所讲，手术例子在全世界极少，术后成果也不是太好。

今天即二十七号的报纸上说，在全国主要的医疗机构中，十七家医院对活体肝移植持积极态度，百分之三十五的医师愿意牛刀小试。

是应该称赞这种勇气，还是应该道声珍重呢？

这么多的医院和医师想做活体肝移植手术，不是正常现象，恐怕原因仍是脑死亡在日本得不到承认。

话说得有点生硬，下次想深入探讨这个问题。

排异反应

之前提到过活体肝移植,现在是十二月一日,医师团宣布裕弥君的身体出现了排异反应的征兆。

目前比较轻微,普遍认为服用免疫抑制剂就能使其安定下来。

或者想办法把排异反应控制在轻度范围。不过在这个阶段出现征兆,确实令人担心。

人的身体一旦混入异物就产生反应,进而进行排斥,这就是排异功能。这种功能对人来说非常重要。

比方说,吃了不好消化或变馊的食物时,人会呕吐或腹泻,并急于把这些东西排出体外。当手上扎上刺、感染化脓后,人的皮肤会自然崩开,把刺向外推出。

这些也是排异反应,因为人体有这种功能,才免于异物侵入人体,这是与天俱生的一种本能。

假如没有这种功能,进入人体的东西都会被吸收,全身功能调节发生紊乱,很可能危及生命。

这种排异反应是肉体自身免疫功能,若从精神层面考察,更容易加深理解。

假如人跟与己同一类型的人在一起,很容易和睦相处。而跟思想观念和生活方式不同的人在一起,则较难协调。几天或几周时间尚可忍耐,如果是半年或更久,就会发生争斗。

这是出现了精神方面的排异反应。

无论是朋友关系、夫妻关系或者上下级关系,甚至是男女关系,都会产生各种各样的排异反应。

其中夫妻关系尤为敏感,如果恶化,就会发展到离婚。

当然,有的人胸襟开阔,能忍辱负重,能与不同类型的人冷静地相处。

这种人排异反应的门槛低,这也是才能。

如果男女之间没有排异反应,就是个大问题,麻烦也随之而来。

如果过于限定与己相同的类型,也是个棘手的问题。

一般来说,好恶的排异反应,女人要强于男人。

比方说,某女喜欢 A 男,会对其他的男人不感兴趣。如果 B 男硬要插入其中,就会产生强烈的排异反应。

与此相比,有的男人认为:无论是 A 女子还是 B 女子,只要喜欢我,谁都行。这种人对异性的排异反应比较低。

总之,排异反应是一种个性(主体性)的主张。比如有人宣布:不会和来历不明的人和不可靠的人成为好朋友。

由此可以看出,排异反应是此人的主心骨,是形成个性的出发点。

当进行人体器官移植的时候,产生排异反应会非常不利。

把一个人的内脏器官移植到另一个人体内,理所当然地会产生排异反应。

当然,为了把反应抑制到最小限度,在器官移植之前,需要从血液型号到肉体组织的适合性进行慎重的调查。裕弥的情况是,移植了父亲的肝脏,父子的血缘是最相近的。尽管如此,还是会出现排异反应。

本来个人主张可以保护自己的身体,减少排异反应,而这种情况则成了消极因素。

二十一年前,札幌医科大学进行了全国首例心脏移植手术。将一个二十岁少年的心脏移植到十七岁少年的体内。

接受移植的少年术后康复较快,一个月后就可以乘轮椅在医院楼顶平台上散心。

当时我在这家医院工作,曾跟那个少年见过面,聊过天。

然而,术后两个月,他的排异反应非常强烈,到第八十五天,与世长辞了。

他的生存天数作为当时的心脏移植国际水平来说,总算过得去。

然而,对于被摘除心脏的二十岁青年的处理,事后产生了各种疑问,也成为当时社会议论的重大话题。

其核心是,是否可以为了及早得到新鲜的健康心脏,而过早地判定了这个青年的脑死亡。

对于这一点,我做过调查研究,确实有几个疑问之处。

第一是进行心脏移植的胸外科医师作的脑死亡判定。原先是需要两个以上的脑神经外科医师进行严格的判定，但当时没这么做。

第二是男青年昏迷后十二小时就判定为脑死亡，有点过于草率。现在必须是"脑组织全部死亡"后，才能被判定为脑死亡。

第三是人员资格、检查方法、面向家属的手续移交等所有方面都不完备。而现在无论是学术方面还是操作方面，都要进步得多，讲究万全对策。

现在，国际上对于脑死亡，欧美先进国家自不待言，就连东南亚各国都得以承认，唯有日本不接受。

理由包括对之前进行的日本首例心脏移植手术的疑虑尚未消除。

对首例手术产生的疑虑，的确留下了后患，包括对医师的不信任感增加，患者和医师的信赖关系受到损害。

其次源于日本人对于死的多愁善感的独特想法。

日本人认为，死是尊贵的，人在死的同时就变成佛，对尸体动手术就是对佛的亵渎。这种想法根深蒂固，故而对遗体的执着极其强烈。

而且，日本人对于博爱或服务于公众的观念淡薄，总藏身于狭隘的自私自利中，更不愿意轻易地提供遗体。

因为许许多多的原因，至今日本的器官移植没得到承认，因此，日本的器官移植比国际上落后了二十年。

在经济发展居世界前列的先进国家，在器官移植方面却是世界上最落后的。

也许有人说保持现状就好，但如果这样，濒死而等待器官移植的患者就得不到救助。

如何正确处理这种情况呢?

下步应探讨一下这个问题。

奇怪的共识

我最近一直在写岛根医科大学做活体肝（部分肝）移植的情况，这是第三次写。

当然，很多年轻读者不知道我原先做过医师，有的看了新近出版的《新解·身体百科辞典》后，评价说："简直就像医生一样精通啊！"我不能不为之瞠目。

应该感叹岁月流逝太快了，世上已换了一代人。

由此产生的困惑，类似于参加电视节目的过气明星，被称为"智力竞赛的大叔"而露出无奈的苦笑。

当然，我当医师时并不出类拔萃，但至今仍然拥有医师执照。

言归正传。

关于活体肝移植，有这种意见："因为脑死亡没得到国家承认，这是不得已利用活体进行的紧急避难性手术。"

对此，为裕弥君执刀的永末副教授加以否定，他在本月号的《文艺春秋》上说:"完全没有那样的意识。"

然而果真如此吗?

永末副教授在同一杂志上说:"我在剑桥大学做过狗的部分肝移植,极其难做。"他还表示,在欧美,全肝移植是主流,通过做猪和狗的部分肝移植试验,前者成效要远远好于后者。另外,他在被裕弥君的祖父问到手术的成功概率时,回答说:"欧美移植中心的婴幼儿肝移植五年生存率为百分之八十。"

当然,裕弥君的父亲是根据这一说明才作出决断的。然而这是全肝移植时的成效,关于部分肝移植的成效,因没有资料而没有回答。

读者不要误解,我不是批评永末副教授做过的活体肝移植,我认为这是目前日本所能做到的最佳方法。

可是"这次手术不是不得已而做的紧急避难性手术"这一点令人担心。他越是这么强调,我就越想发问:"那为何不去做手术效果好、经验资料也丰富的脑死亡者肝移植呢?"

追究这一点有点苛刻,可能永末副教授也有过做脑死亡者肝移植的想法。他之所以敢于下决心去做世界上仅有三例且手术效果不好的活体肝移植,是因为在日本脑死亡得不到承认。

他作为执刀医师,立场不那么鲜明,值得同行同情。

上次谈过,脑死亡之说在欧美先进国家成为共识,在东南亚各国也已得到承认。

在发达国家中,只有日本没有承认,其理由上次论述过,在此省略。

在日本,围绕着脑死亡的议论还有这种难以理解的见解:脑死亡事关每一个人的生死问题,需要得到国民的公认。

这种思想不知不觉地蔓延,致使脑死亡问题的讨论走进了死胡同。

明确地说,是否承认脑死亡并非必须取得国民共识,这有别于消费税或外交关系等民生问题。再说,国民为脑死亡问题争论不休也无济于事。为什么呢?因为人与人之间的文化知识、专业知识和社会经验的差别太大。

很久以前,某家报纸要求所谓文化人的五十个人做关于脑死亡的问卷调查,我有幸成为答题者之一。最终结果是应持慎重立场的人超过半数,于是其发表评论说:承认脑死亡为时尚早!

当我看到回答问题的人员名单时,有些错愕。

我的意见是应予承认。主张慎重的文化人中有几个与我相识,恕我无礼,他们对脑死亡的认知太少。

在绝大部分国民中,能够准确回答"脑死亡是指什么"这一问题的,可能不是太多。我也不是专业脑科医师,对此也不是全面了解。

可是,比我更加无知的人,竟可以就脑死亡问题行使同样的投票权,是否有点太过盲目、太过片面呢?

更令人担心的是,主张慎重观点的人,听上去会有一种合乎人道的善意。而持反对意见的人,貌似尊重人的生命,实际上是在抗拒科学的进步。

脑死亡问题完全不同于环境污染和核电等问题。

当健康的人在喊"要慎重"的时候,等待器官救助的人可能正在死去。对于濒死的那些人来说,不应说得那么从容不迫。

这样一来,有钱的患者会求助于他国人的器官而到外国去。

这种行为要比遭受外国谴责的嫖娼旅游问题更有深度,因为有钱的日本人可以不惜重金买来他国人的器官而保住性命。

假如这件事反过来,日本刚战败不久,有钱的美国人来日本买去贫穷人的器官而保住性命,我们会做何感想呢?

不应用钱出国抢购器官,而应是日本人需要的器官,通过日本人的提供而得到解决。

何况日本有移植手术做得很好的医师和设备,还有濒死而自愿捐献器官的人。

现在对于脑死亡的判定之严格,与二十年前进行心脏移植的境况有天壤之别。

加之有发达的新闻媒体监督,医师也左右不了脑死亡。

到了这般地步,接下来就要看医院和医师的良知了。

为征得国民的共识而止步不前,在慎重再慎重的漫长讨论中,人之重要的生命会不断消逝。

与死亡无关的健康人群议论并决策濒死者的问题,是何其荒唐、何其冒昧!

摄氏温度与华氏温度

快到年底了，真正的冬天到来了。

很单纯的事情，冬天还是必须要冷。

如果天气暖和，可以节约取暖费，也用不着买厚重的衣服。早晨出门时身体也舒服，日子也好过。

有人只考虑身体舒适而欢迎暖冬。但季节不由人，还是会如期降临，人的生活就是这样形成的。

我无意偏袒毛皮店和滑雪器具店，冬天寒冷是正常的。冬冷夏热，才会有四季的变化。

我们从出生时就知道冬天是寒冷的，身心都有抵御寒冷的准备。

严寒时节，如果该冷不冷，身体也会出毛病。

何况要是不冷，食物也不好吃。特别是冬季的时令果菜，经寒霜才会有味道。

寒鲷、鰤鱼、鳕鱼、鲱鱼等也都是伴随着寒冷，鱼肉逐渐变得结实。

吃完河豚,其后才降雪。鬼贯①把美味与天气有机联系。

我也想以这样的感受来吃河豚。

说到寒冷,好像全美各地从去年年底开始就遭受了前所未有的寒流侵袭。

据报纸说,内布拉斯加州瓦伦廷的气温降到了零下三十三摄氏度,据说比除了阿拉斯加的全美最低纪录还低了一摄氏度。其他的十五个州也都降到了零下十七摄氏度。芝加哥一名五十三岁的男子在寓所中被冻死,市内的流浪者收容所里挤满了取暖的流浪者。

内布拉斯加州位于北纬四十二点三度,虽然不是多么靠北,但居于内陆的正中间,属于大陆性气候,冬季有严寒,夏季有酷暑。

以前我曾在北海道的旭川体验过零下三十摄氏度的寒冷,气温下降到这种程度,就有一种吸口气连肺都要结冰的感觉。

当时我还是小学生,半夜被冻醒,感觉被子不御寒。侧目看到父母的被端紧贴在下颌处,口中呼出的气呈白雾状,好像下了霜一样。

家人围坐炉旁,就是把炉子烧得通红,也只是感觉前胸暖和,背部仍冷飕飕的,有种身体前后裂成了两片的感觉。从有炉子的房间离开一步,就感觉四周冰冷。如果手指不留神碰到金属,指尖就会粘在上面,皮肤似乎要被剥落。

窗户被冰覆盖着,看不到外面的全景。微弱的阳光照在那里,仅

---

① 上岛鬼贯(1661-1738):江户中期的俳句诗人。

能透过条纹花样看到外面一丁点儿。走到室外,露出的脸庞就像被无数的钢针扎了一般疼。

近年来,北海道基本上遭受不到这样的寒冷了,好像美国还常有超过零下三十摄氏度的大寒流。

是应该说不愧为美国,还是应该说毕竟是美国呢?总之,美国的寒暑相差过于悬殊。

今年秋天访问亚特兰大时,也遭遇了日间五摄氏度的低温,犹如进了冷库,冻得直打战。

因时值十月,印象中离佛罗里达州也很近,故只带了单衣服,后急忙添购了保暖裤和毛衣。

去美国,最不能疏忽大意的是气候变化。

同是在秋天,头一天热得想要跳进游泳池,第二天气温骤变,寒流袭来,必须要穿毛线衣裤。

这种忽热忽冷并非偶然。

与之对比,日本的炎热和寒冷还是可爱的。虽说夏天很热,但置身水塘边,手拿团扇摇就能舒适。虽说冬天很冷,只要穿上厚厚的大衣,喝杯热酒,就能抵御风寒。

天热到秋分,天冷到春分,四季分明。

这种气候,会产生微弱而安详、柔和而宽容的国民性。

世界各国人民形形色色的国民性和民族性,都与他们居住地的风土密切相关。

在美国这样气候极端的地方,暧昧的东西基本不能渗入国民性。

"喜欢"就是喜欢,"讨厌"就是讨厌,"不行"就是不行。

过去看西部片,印象中只有不分好歹的"yes"和"no"。在日本,则很少听到"不是"或"不行"这样的词。

尤其是京都话,不用否定的词句,就是长期待在京都,大概也不会听到"不"这个词。

不只是口语,日本用于朦胧而不透明之物体的词汇就很多。稍微想一下,马上会想到"雾""霞""霭""胧"以及"梅雨""谷雨""春霖"等。

仅就"月亮"这一个词而言,从"升月①""降月②",到"初月③""二日月④""三日月⑤""弓张月⑥""明月⑦""雨月⑧",再到"立待月⑨""居待月⑩""卧

---

① 升月:指秋天由新月逐渐变为满月的月亮。
② 降月:指从阴历十八日夜到二十一、二十二日夜的过了满月后渐缺的月亮。
③ 初月:专指阴历八月初的月亮。
④ 二日月:专指八月二日夜的月亮。
⑤ 三日月:阴历三日夜的蛾眉月。
⑥ 弓张月:玄月。
⑦ 明月:中秋明月。
⑧ 雨月:雨中的月亮。
⑨ 立待月:特指阴历八月十七日夜的月亮。
⑩ 居待月:特指阴历八月十八日夜的月亮。

待月①""更待月②""有明月③""十六月④",其表现之丰富令人惊叹,且为之愕然。

这些词用英语说就"moon"一个词,最多说"三日月"是"new moon"。

并不是说日本的细致和美国的笼统哪个好哪个不好。

只是待在日本,适应了日本的风土,可能就无法理解美国人过于明快的想法。而待在美国,只要适应了美国的风土,也就无法理解日本人的暧昧与细致。

这是刚才报纸上登载的寒流讯息:"情人节那天华氏零下二十八度(零下三十四摄氏度),另外十五个州达到华氏二点七度(零下十七点七摄氏度)……"

能有几个人读一遍马上就知道这是温度的表示呢?

我一瞬间想到:难道是姓华氏的这个人和姓摄氏的这个人在比着威士忌的度数喝酒吗?日本到底是从何时起,用奇怪的片假名书写摄氏和华氏的呢?

---

① 卧待月:特指八月十九日夜的月亮。
② 更待月:特指八月十九日夜的月亮。
③ 有明月:特指八月二十日夜的月亮。
④ 十六月:特指阴历十六日夜的月亮。

表与里

我看到新的挂历,心里很高兴,却又有点忐忑。

一边看着挂历上新鲜的图案,一边遐想着新的一年。再翻完十二张,新的一年又要结束,不禁惴惴不安。

确实,过一年就像不停地翻挂历一样快。

特别是看到印有十二个月份的挂历,就会感到寂寞:过一年就这样简单吗?

很久以前,我得到过印着十年月份的挂历,与其说是月历,莫如说是恶魔给出的日期。

仅想一下九年或十年后的某月某日,就毛骨悚然。

对于年轻人姑且不谈,送给高龄者十个年度的月历,也是搞了个黑色幽默。

与挂历比,月份牌的页面有三百六十五张,每张文字排得满满的,看着就觉得日子很宽裕。

可能是人们每天翻阅感到厌烦而放弃了,近年来很少看到月份牌日历。

从年底到正月期间得到的各种挂历中,唯有新西兰的一本挂历有特色。这也是一个月翻一张的、印有新西兰风景照的高档东西。

位于首页的一月份,是绵羊站在绿茵的牧场上眺望着大海吃草的照片。根据说明文字,好像是在库克叫作东部之岬的海角。次页的二月份,是一张浮现在夕阳中的克赖斯特彻奇市的教堂的照片。

八月的这一张,展示的是哈利斯山滑雪场的热闹景象以及盘旋在积雪覆盖的山顶上的直升机。

这么说,可能就明白了吧,新西兰位于南半球,夏天和冬天与北半球相反,故景致也与北半球大相径庭。

当然,上面的年月日和日本相同,挂历是可以用的。

难以想象的是,一月份有蔚蓝的大海和绿意盎然的牧场,八月份则银装素裹,滑雪逗趣,不禁产生奇妙的联想。

日本人总将雪景与一二月,蓝海和绿草与七八月相关联,并深深镌刻在脑海之中。

所谓的习惯性思维也是可怕的。

东京的一月是寒冷的,晴朗的天气却一直持续。

十二月初到一月,西高东低型的冬季气压遍布日本,是好天气持续最长的季节。

不过,这仅是指太平洋一侧。在日本海一侧,这个季节则被寒流和连日的降雪所困扰。

这两块领土的差异是显著的,天气预报每天都在报道:"冬季气压分布状况加强,太平洋一侧连日干燥、晴朗,日本海一侧阴转雪。"

看看一年的降雪天数也知道,太平洋一侧在十天以下,新潟到金泽的日本海一侧超过八十天。日照时间是太平洋一侧两千小时以上,日本海一侧则是一千六百小时,少了百分之二十。

过去人们把太平洋一侧称为日本正面,把日本海一侧称为日本背面,看一下上述数据也能理解为何如此划分。但这种说法好像带有地域歧视,遂改成了"太平洋一侧""日本海一侧"的说法。

虽然称呼改变了,气象条件不会变化。

当年我生活在日本背面的札幌,每当听到天气预报时就羡慕不已:居住在日本正面的人多好啊!

现在居住在东北至北陆的日本海一侧的人看到气象图,可能也会羡慕住在太平洋一侧的人。

住在日本背面的人,往往会自责:"为何非要住在这样阴暗而寒冷的地方呢?"

当然,北海道过于往北,气候条件大为不同,像东京和新潟这样纬度比较接近的地方,有人会经常纳闷和气愤:"只是隔了一座山,我们怎么就得不到阳光呢?"

这种愤怒,居于日本正面的人可能无法理解吧。我经常看着天气预报,心里想:生活在日本背面的人不得了啊!当然,也许有人会想:在那儿可以经常滑雪,挺好。

总之,那个地区的忧愁只有长期居住在那个地区的人才会理解。偶尔去游山玩水的人,可能永远也理解不了吧。

人对天气的抱怨和对食物的抱怨一样不可小看。长此以往,情绪会爆发出来。

过去,新潟有个叫田中角荣的人,出人意料地精力充沛,他把持政界,将巨大的款项倾注到地方。随着洛克希德事件发生,这方面的情况暴露在大庭广众之下,他受到了严厉的批判。尽管如此,新潟人仍然推举田中当总理。

居于日本正面的知识分子人群慨叹:新潟的县民好没见识啊!那种田中角荣热和见识不应混为一谈吧。

无论其他县的人们说什么,都继续推举田中当总理,这和道理是两码事儿。内中一定含有被正面地域的人歧视这一怨恨。

也可能这种怨恨产生了无论如何都要维护当地人声誉这一思想,才会继续推举他。

而天生的日照时间短和降雪时间多,成为从日本背面产出的田中角荣从中央提款的动力。

忘记住在日本海一侧的人们对天气的抱怨,就无法理解当地人对田中角荣声望的坚定维护。

据说田中总理本届任期结束就引退。现在从东京乘新干线两个小时就能到新潟,也可经关越高速公路①、北陆高速公路②到达,日本背面的一些不利条件得到了部分改善。

即使这样,太平洋一侧的人仍不能放心。

只要存在太平洋沿岸晴朗、日本海一侧持续降雪的冬季气压配置,日本海一侧的人就会对太平洋一侧更加嫉妒和怨恨。

说到这儿,我想起了冬令时节所喝的叫"越乃寒梅"的酒,酒很好喝。我想,要是能喝到这种酒,就是住在连续降雪的新潟也可以。

---

① 关越高速公路:以东京练马去为起点,经埼玉县川越市、群马县前桥市连接新潟县长冈市,另经群马县藤冈市、长野县长野市连接新潟县上越市,全长约四百四十九公里。

② 北陆高速公路:日本海一侧的高速公路,以新潟县新潟市为起点,连接富山县、石川县、福井县,终点为滋贺县米原市,全长约四百八十七公里。

去阿寒,后感冒

去了一趟隆冬的阿寒。

临去之前,我说起这事儿,有几个人露出惊讶的神色。

"那儿很冷吧?""为何要现在去呢?"

还有人问:"冬天能去那儿吗?"

好像一听说冬天去阿寒,就会战栗和胆怯。

认为北海道的东部和北部不是冬天可去的地方。

也有人认为隆冬的公路都被埋在雪中。

然而,冬季的阿寒之行却很舒适。

九点半从东京的羽田出发,十一点就到了钏路,耗费一个半小时。此后只要飞车疾驶,正午就能到达阿寒湖畔。

沿着国道前行,途中有个喂养丹顶鹤的地方,去那里能看到近百只鹤。

在雪原上,这些苗条的鹤有的在地上啄食,有的在天空翱翔,成对飞舞的居多。

在有数的鸟中,鹤是最优雅的。

这种鹤总是成双地行动,只要结为夫妻,一生都不分离。鹤很长寿,故作为吉祥之鸟从古代至今一直受到珍视。

我的这次阿寒之旅,是奔着一对欲各自抛弃家庭、冰天雪地旅游的男女前来采访的。

陷入困局的这两个人,无法与鹤相比。人一旦结成夫妻,终生不相分离的誓言,坚守到底也许是蛮不错的,也许是很糟糕的。

可能是鹤这种动物不会厌腻对方,或者是大脑单纯到不懂得厌腻。我一听到这么完美的故事,就想使使坏。

距今二十五年前的冬天,我初次到阿寒去,湖畔在皑皑白雪中一片寂静,开着的旅馆只有两家。我住进去的那家,包括温泉疗养客只有三组,晚上到大浴池去也感到寂寞。

到了深夜,来了暴风雪,听到呼啸不断的风声,陷入了被雪围困、不知何时才能离开这里的不安。

然而今非昔比,现在公路上的积雪不断被清除,公交客车和小汽车往来频繁,湖畔的旅馆照常营业。

尽管如此,客人还是很少,就连我住的这家夏天难以订到房间的一流旅馆,也只有十几组客人。但这儿安静宽舒,服务也不错。

而且除了湖心以外,湖面已开始结冰,靠岸的周边被积雪覆盖着,这时节到湖心去,要比夏季坐游览船观赏神秘得多。

从这里乘车三四十分钟即到达摩周湖,那儿更加神秘。

现在从空旷的瞭望台俯视阿寒湖,树挂下显现出沉郁的湖面,唯有这里除了隆冬的某一时段之外不会结冰。

风还是很大,环抱着阿寒湖的山峦之上翻卷着雪烟,山体下部被夕阳染得通红。无论什么样的风景,如果只是漂亮,就感觉千篇一律,如果漂亮之后潜藏着恐怖则令人难以忘怀。

如果沿着山路往下走,可见黄昏的雪原上,光秃秃的落叶松和白桦树投下的长长的影子。停步细看,树下稀稀拉拉地散布着鸟儿小小的爪印。

不受任何人打扰而能享受这优美的景色,为何人们都不愿来呢?

碰巧在旅馆看到它的宣传册:阿寒湖三天两宿短期游,每人四万九千日元(含往返机票和住宿费),团游时再便宜四千日元。

在此并无意替阿寒的旅馆或旅游公司做宣传,只是对比起来有点生气:这不比我一个人的机票还便宜吗?而且飞机上乘客寥寥,旅馆、滑雪场空空如也。

一般到了冬天,人们都会去宫崎、冲绳或夏威夷、关岛、东南亚、澳大利亚等温暖的地方旅游。

我认为冬天才应该去北海道。虽然有点冷,但冷有冷的魅力,那儿人少不吵。

到人满为患的旅游胜地去,只会获得一般的满足感。

偶尔与别人背道而驰,到寒冷的地方看看怎么样?

不是因了隆冬去了阿寒,是回到东京后才感冒了。

头天晚上就觉得有点畏寒,但满不在乎地去银座喝酒吃饭,这才出了问题。

第二天起床就发烧,傍晚达到了三十九摄氏度。

有好几年没遭受这样的高烧了。虽然一起床就头晕,仍坚持坐在桌子前写稿子。

因为报纸的连载小说已耗到交稿期限,平时的懒惰遭到了报应,无论如何,好歹总算写出来了。

应吸取教训,以后好好贮备文稿,但带病能写一星半点,就有了莫名其妙的自信。

说到自信,发烧三十九摄氏度也干扰不了。

人上了年纪,很少发高烧。

人在小的时候,发烧四十摄氏度不足为奇,额头烫手也不在意。如果是大人,反应就很强烈。高龄者超过三十七摄氏度就算高烧,有时会因发烧患肺炎而死亡。

说来有点古怪,人体高烧应是新陈代谢旺盛的证明,没有体力也不会发高烧。

从这种意义上说,发烧三十九摄氏度,仍然能写稿子,还是一件值得庆贺的事情。

话虽如此,毕竟还是不安,便去了附近的私人医院诊疗,结论是流行性感冒,开了内服药。

这位医师约六十岁,是内科医生,他说打针只管一时,没有长效,只给了药。对此,我很感动。

因为患者高烧三十九摄氏度,医师真想赚钱的话,会找各种借口做检查,拍X光照片、做尿检、打针,甚至做心电图。有的还会给输液。

但这位医师诊察之后,只给了口服药,叮嘱要好好休息。

发高烧之后,能遇到有良心的医师,也算是小小的幸运吧。

周日的理发店

上个周日,我从十点半到下午两点花了近四个小时的时间,连续观看 NHK① 教育频道的象棋和围棋比赛。因为是专业棋手的精彩对垒,看着不厌腻。这是时隔很久才得以悠闲地观看赛事。

接下来是高尔夫球赛,一直到傍晚都转播。如果专注看球赛,仅仅是观战,整个白天就耗费光了。

何况星期天晚上 NHK 的特别节目很多,不少值得观看,如果每个节目都看的话,得二十四小时盯住电视。

可是遗憾得很,我的情况是星期天最忙。

星期天被请求交稿的情况很少,但星期一必须交稿是司空见惯的。

这篇随笔的最后截止日期就是星期一。

我以前觉得各种稿子只要闯过星期五,跨越周末,总会有办法

---

① NHK:日本国家电视台。

的,并因此向责任编辑辩解。

"这个周末写出来,星期一早上交稿。"我这么说,目的是先应付过去。

这种不良作为的后果到了周一马上就会凸现出来。

要是周末预先写好就没事儿。往往是星期六觉得还没问题,拖到星期天又无所事事地看电视。

不过,眼睛在看电视,心里却很清楚:必须要写!

可是电视是个让人又爱又恨的东西,一看就停不下来。而且看着不觉累,脑子也随之转动,因而耗费很多时间。

如果是读书,找个合适的段落或者眼睛累了就可以打住,而电视上无论何种节目都有有趣的映像,还配着解说,完整的情景重现,非常吸引眼球。有的是硬派节目,同样让人觉得既亲切又通俗易懂。

写稿子的空闲时间看看电视,倒无不妥,可一看就拔不下眼来,容易痛痛快快地看下去。

与写稿子相比,看电视确实开心,基本上接近休息。

心情舒畅会不禁打开电视。接下来又会恶性循环:因为看电视,工作耽误了。

看电视觉得累只是眼睛疲劳,大脑一点也不累。

习惯了这种写写看看、看看写写、一心二用的节奏,最后会怎么样呢?

虽然担心重复这样的节奏,星期天还是看电视看过了头。

傍晚时分,为了转换心情,我去了理发店。

好像现在理发店改称美容院或美发店。但我去的这家店房檐倾斜,陈设简陋,只能叫理发店。

这家店的主人我以前就认识,他今因感冒没到店里。一个三十七八岁的女性给我理了发。

我的头并不难理。头发稀疏了,只要保持"不要剪太多"这一点就行。

这位女性理发师技术还可以,但洗发时使我有一丝不满。

往头上打了香波后,需要揉搓,她手指过于无力。叮嘱她再使点劲儿,她仍然只是轻轻地摩挲。

如果是男性,绝不会这样,我想发牢骚:女性做也可以,再稍微使点劲儿嘛。

冲洗完毕,用毛巾擦头和脸。又只是那种摩挲的感觉,眼睛周围没擦干净。

没办法,我要了条毛巾,重新擦了一遍脸。

也许她看我是个可怕的大叔,既不好意思,又不敢用力。但这种情况,应该给顾客擦得稍微干净点儿。要是反过来给她擦成这样,不知她做何感想。

我抑制着想要发牢骚的情绪,想起了昔日当医师时的往事。

做外科手术期间,执刀者和护士的额头会不时地渗出汗珠,需要有个人给擦掉,一般是助理护士给擦。但从身高和动作敏捷度而言,男的要好很多。

"擦汗……"执刀者嚷一声,身旁的人就会急忙拿起纱布块儿给他擦拭。

这种时候,额头上的汗比较好擦,眼眶上的汗就很难擦。特别是给戴着眼镜的执刀者擦,难度更大。不能随便地挪动眼镜,还必须把汗擦干净。

给人擦汗者必须把握好擦汗的时机。在全神贯注做手术的执刀者中,有人汗水快要滴落到伤口上去了,仍浑然不觉。

应该什么时候给执刀者擦汗呢?擦得过于频繁会妨碍手术进行,擦得太晚了更不合适。

必须要估算好时间,并且胆大心细。

根据我的体验,我会沿着执刀者的眼窝稍微用点力气擦。当然,须先把眼镜提到上面支住,防止滑落。再从耳朵周围擦到脸颊部位,全都快速地擦。

这种情况也需要一定程度的爱。

整形外科的工作被戏称为"三年抬腿,三年拉钩"。意思是说,医师新上任,抬好患者的腿就需要学三年,接下来拉好拉开伤口的钩子又需要学三年。这些工作熟练以后,才好不容易当上执刀者。

应该说除此以外,还要加上"两年擦汗"。这擦汗不是专职岗位,是在学习前辈做手术的情况下,无意中被使唤擦汗。

不是炫耀自己会擦汗,也不是觉得自己了不起,我在这方面的功夫,确实有好评。

那位女理发师给顾客擦脸,只有形式,没有爱心。不,岂止如此,甚至没有平常心。最后的揉脑袋,捶肩膀,时间也很短,完全是在应付。

最后的揉捶服务也许与本来的理发无关,但如果技术高、态度好,顾客就会感谢她,记住她。

即使多费点时间,哪儿的揉肩和掏耳朵做得好,顾客就想到哪儿去。

也许我家周围就有这样技术好的店,仔细找了找,还是没找到。

河豚与龙王

近日到水户①去讲演。不过不是乐于讲演才接受的。

如实说,当听到邀我去一月的水户讲演的瞬间,马上想起了鮟鱇。在隆冬的大洗②海域捕到的鮟鱇一定很好吃。在想着鮟鱇美味的过程中,稀里糊涂地接受了讲演。

因此,这次水户之行是被鮟鱇所吸引的一次旅行。

因为预先委托了当地人采购鮟鱇,讲演后的饭餐中上了鮟鱇。但遗憾的是,所去的饭庄太过高级。

人家好容易买了带过去,这么说也许有失礼貌:鮟鱇不太适合在高级饭庄吃,因它具有大众性且不新鲜,还是在杂乱的地方吃比较适宜。

本来,鮟鱇就是大众鱼,是贫民吃的东西。吃法也简单:在砂锅

---

① 水户:地名,位于茨城县中部,是茨城县政府所在地。
② 大洗:地名,位于茨城县东茨城郡,濒临太平洋。

里煮烂了,用筷子夹着吃,味道很好。

鱼好像也有籍贯,大众鱼最好是大众性地吃。

不过,有的鱼虽属大众鱼,最近却钻了缺货的空子,露出贵族般的面孔。

最典型的是河豚。

这家伙奇形怪状,性格也狞猛。不知道的人误以为是栖息在水中的猪,其实是大众鱼。

这家伙最近露出自负的面孔骄横在饭庄里,收取高昂的费用。

这不是河豚自身不好,而是抬高价格的人不好。

去水户的第二天,出席了羽生龙王的就位仪式。对于不关心象棋的人来说,也许不知道此为何事。

从去年开始,"读卖新闻社"创设了"龙王"这一象棋界最高头衔,据说奖金三千万日元。今年才十九岁的羽生善治六段又获得了该头衔。

十几岁的人卫冕象棋界的最高头衔尚属首次,确实是年轻且前途无量的明星。

近年来,象棋界贴有"儿童商标"的十几岁的年轻棋士异常活跃,得胜连连,而羽生是翘楚。

授衔仪式在《读卖新闻》的九楼大厅里举行,一百五十多名有关人员出席,很隆重。在仪式上,我致了以下贺词。

这次羽生先生获得龙王头衔,用一个词说,是"实至名归"。大家之前都认为羽生先生迟早会获得重大奖项,这次算是众望所归。

羽生获衔,是极棒的,对于被期待之人不负众望,我心悦诚服。

这次授衔竞赛,需决战多局,一路追杀,直到取得最后的胜利。在比赛过程中,有相当实力的人,未必不出现失误,也许会意外输给实力弱的对手,错失夺冠的机会。对于取胜的难度,看看夏季的高中棒球比赛,就能充分地理解。

如果被众人期待,会相应地紧张,压力也会增加。然而,冲出重围,获得头衔,具有很大的意义。

进一步说,羽生先生极为出色的地方是始终保持镇定自若。

我曾经和他比赛过一次,他让我"飞车"和"角行"两个棋子。在棋盘上对垒不用说,包括闲聊的时候,吃饭或喝酒的时候,他都对比他父亲年龄大很多的我,不紧张,不胆怯,当然也很有礼貌。极符合他十九岁的年纪,毫无拘束,令人爽快。

对任何事情都能保持泰然自若的状态,是很重要的,在肉体方面不用说,在精神方面也极少损失,能发展的人都有这种泰然自若的特质。

包括他在内,年轻棋士高手下棋的共同点是内心极其热爱象棋、潜心研究战术,下法都很老练。

过去的年轻棋士在进攻时,拼命搏杀,一气向前,即使壮烈战死也在所不惜,常被称赞"像个年轻人"。

而现在的年轻棋士,即使进攻也是杀杀停停,不盲冲。有时按兵不动,等着对方焦急,再兴攻势。为了取胜而不拘泥于常规战术,极其狡猾。正因为对垒者旗鼓相当,也可以说胜负都很严峻。因而有老人慨叹:他们虽年轻,却很老成。

实际上,不仅是他们老成,而是整个社会都在变老成。

靠年轻或气盛赢得成果的时代,早在二十世纪六十年代就结束了。现在与当年比,社会安定得多,所有的组织都已经健全,上下左右捆绑管理,仅凭单纯的奔放已无法生存。

假如他们算年轻而老成,那么,他们只是反映出当今时代的社会特点,不能说是他们的成就。

尽管如此,年轻依然是珍贵的。如果年轻而有凝聚力,也许会干出伟大的事情。

问题是能否持之以恒。任何力量只有持续才能作为真正的才能而得到评价。

从这种意义上说,羽生先生是好不容易地站到了发挥才能的起点上了。

说起来,象棋专业人士的工作还是很辛苦的。

可能三四十岁的大叔会轻易地输给初出茅庐的十几岁的象棋秀才。

看到年轻的人会赢,就会重新认识到人的大脑三岁发育到八成,十七八岁全部完成这一事实。

好像人在二十岁以后,大脑本身不再发育,但思维日趋活跃,会积累人生经验,会基于人性形成灵活思考或深度思考。当然包括变得狡猾。

象棋这种极富智慧的游戏,一般不需要后半生的社会实践经验,而是取决于前半生生成的大脑功能。不仅如此,没有社会经验反倒更能专心致志地下棋,更能调动大脑的全部功能。

以前我跟一个小学生名人进行过比赛,这个小学生上五年级,个子相当矮,脑袋只有我一半大。

结果我输给了这个少年,事后猜疑:我的脑袋长这么大,一大半是缝隙吧?

多亏我是个作家,很幸运。

作为作家,有些东西不上年纪是写不出来的。人生经验的积累至关重要,用以明辨是非,透悟人生,厚积薄发地挥毫泼墨。

作为天才棋王的羽生,恐怕写不出中年之困惑和男女之奥秘吧。

一方面对年轻的棋星心悦诚服,一方面庆幸自己是个老到的作家。这是我真实的内心所想。

形形色色的粉丝

狂热的粉丝们常往我这里寄信。

来信内容基本上都是谈小说的读后感,也有人附带上疑问或希望。还有人了解我过去是医师,把关于医疗的提问或自己的恋爱体验写得很详细,并请求解答和磋商。

这些来信我全部都看,有时回,有时不回。

喜欢读我的小说的人,告诉我感想是值得感谢的,但涉及医疗方面的磋商,就感到有些困惑。

虽然来信详述了病状,但仅仅据此难以诊断,于是我答复:"请去附近的专门医院就诊!"

更加令我困惑的是恋爱问题。

"我和一个有家室的人交往了三年,以后该怎么办?"有人这样问,我根本无法回答。

男女之间的情事只有当事者才能体悟,我自己并不是高尚的人,不能对别人说三道四。

偶尔看到一些作家或评论家回答有关人生的咨询,很是钦佩:竟能说得这么干脆!

狂热的粉丝当中,有人来过几次信就成了熟人,不过,仅仅是知其名字而已。我通过这些人的来信或得到鼓励,或得到理解,有时还会被迫反省,获益良多。

不管怎样,大量粉丝爱读我的作品,是值得庆贺的事情。

即使是外行提出意见,也能供我参考。

但是,在众多的粉丝当中,也有相当不正常的人。

最让我为难的是神奈川县一个叫F·S的女性,她每天都给我寄来各种各样的东西。

起初是寄附自己照片的日记簿,不久又寄家人的照片和影集,还寄喜欢的文库本和诗集,后来又寄围巾、毛衣、袜子和茶碗,最后连枕套、内衣都寄来了。

从照片看,好像是个三十几岁的女性。她到底是怎么了呢?

她在同衣服一起寄来的信上写下如下话语:

我脖子下面有块黑痣,像葡萄干一般大。上高中时,很介意,不停地摆弄,最后终于弄掉了,但留下了痕迹。痕迹上和乳头周围会时不时地长出浓密的汗毛来,正在拔。

信的内容并不复杂,但读的过程中有点毛骨悚然。

最初想把东西退回去,后来感到麻烦,就告诉她扔掉了。尽管如此,她仍然不收手。

可能绝对不会说要住在我这儿吧?想来心里不舒服。

幸亏这个人没闯到寒舍来找我。前几年,曾有个中年女性硬闯我的办公室。

这个女性是大阪人,跟秘书说是特意来访问的,我就跟她见了面。但她见面一言不发,只是一味地盯着我,一动不动。

我觉得可怕,就问道:"有什么事儿?"对方回答说:"请让我住在这儿!"

这可不是开玩笑。我慌忙说:"你快回去吧!"她又断然拒绝了。

"您说什么!不是先生您打电话把我叫来的吗?怎么现在又让我回去!"

听到这话,我目瞪口呆,陷入迷茫之中。

到底是怎么回事呢?把事情闹大了也不合适,我就和刚刚到场的编辑共同奉劝,想让她离开。但是她喊了声"不走"后,又紧紧地抱住了我。在我挣扎的过程中,对襟毛衣的一只袖子被她拽掉了。

真是个意外的灾难。从那以后,她每天都来到办公室旁边的公寓门前,站在那里不动。

为防不测,我将房门预先上了锁。但是,每当客人来访打开门,她就会迅速而巧妙地溜进来,而且每次都会闹事。我有时离开房间,她就会冷不防地用整个身体紧紧地抱住我。

应该说受人如此爱慕,作为男人非常幸运,但是这个四十多岁、不能说是很漂亮的妇女却有点让人不堪。

她过于执拗,也引起了公寓里的人们议论,我就请警察把她领走了,但是过了两三个小时,她又回到了原地站着。

据警察说,她没有特别的暴力行为,若告诫她,她会顺从地点头,也不能拘留她。

既然如此,只有搜寻她的身份。

好不容易才查明家庭住址,要求其母亲把她领回去,对方却说得很无情:"这个孩子有点不正常,甭管她!"

此后,她还是照常往公寓里闯,来不了时就打电话,在电话中娇滴滴地喃喃自语:"您说什么呢?饭做好了,早点儿回来!"

是哪儿弄错了,电话才串线的呢?就这样,我一直被房门铃声和电话铃声所骚扰,后采取了冷处理法,两年后她终于不再来了。

我松了口气,问了问知情人,得知她住进了精神病院。

听到这种结局,觉得她有点可怜。不过,她真的给我带来了很多麻烦。

后来的粉丝当中,有的女性一天打来十几个电话,不说话,只是哈哈大笑。有的女性则生气地指责:"先生是窃听了我们的情况才写的书吧?"还有的女性每天都用和小说中主人公一模一样的名字寄来信件。真可谓形形色色。

面对这些情况,是应该说作为男人非常幸运,还是应该说作为作家非常幸运呢?

不管怎样,有些女人是十分可怕的。

不,也许应该说,人都是如此,只要有一点弄错了,就会做出可怕的举动来。

脑组织坏死与选举

东大①医科所的伦理审查委员会做出了允许脑死亡患者内脏器官移植的结论。

通俗一点说,就是可以从心脏还在跳动但已被认定为脑死亡的患者那里摘除内脏。

这个伦理委员会设在东大的医学科学研究所,包括山内一也教授,由八名委员组成。

根据这次的结论,至少在东大内部形成了一种共识:可以从被认定为脑死亡的患者那里摘取内脏器官,进行肝脏或心脏的移植手术。

山内委员长说,在审查过程中,将脑死亡作为人体死亡的根本标志,与会人员意见一致。他又补充说,以先前上报厚生省的脑死亡认定标准作为基本点,进一步确认患者大脑中的血流已经停止,方可摘除患者器官。

---

① 东大:"东京大学"的简称。

另外,做内脏器官移植手术的医院需设置救济医疗部和脑神经外科,脑外学会的认定医师常年入驻,该医师同意先前上报的脑死亡认定标准。

总之,只有在极其严格的条件之下,才承认脑死亡,允许器官摘除。

社会各界对东大做出的结论可能会有各种意见,最早见诸报端的论调极具代表性,即"没经过充分讨论仓促做出的决策""对傲慢医师的畏惧""过于急切的结论"。

所谓"没经过充分讨论仓促做出的决策"或"过于急切的结论",是指今年春天,政府对脑死亡做了临时调查,尚未公布结果。一个大学的伦理委员会竟提前做出了结论,既操之过急,又超越职权。有的报纸还评论说:仅用两个半月的时间就做出结论,有些过于轻率。

这些论调对吗?

在政府主持的脑死亡临时调查结果公布之前,其他的专业委员会发表意见就是超越职权,这是典型的政府意见至上的表达思想,是一种时代错误。

两个半月的时间得出结论,有些轻率的批评意见也只是在单纯地找碴儿。

两个半月也好,一年也好,关键不在时间长短,而在议论的节奏和深度。从议论次数上看,每周议一次,两个半月就会有十次。一个月议一次,一年不过有十二次。

而且每次议论的时长和探讨的深度各不相同,仅凭时间间隔就断定为时尚早的论调根本站不住脚。

本来政府主持的临时调查就是形式优先,效率低下,要是等待结论,不知要等到何时。

等得不耐烦的学术团体先行发表自己的意见,何错之有?

另外还有这种意见:"对于承认脑死亡的社会决议,并不能通过漠不关心的观望而得到。只有通过脑死亡患者的器官移植成功、拯救人命的事例增加才能形成。"

实际上在海外,脑死亡患者肝移植早成为一般的治疗法,术后一年生存率也由百分之七十提高到了百分之八十,五年生存率由百分之六十提高到了百分之七十。

不做生存率这么高的手术,硬要做生存率为零的活体肝移植,是因为日本脑死亡还没得到承认。

也难怪肝外科的医师们对这事儿着急和烦躁。

当然,重肝病患者及亲属都欢迎这次公布的结论。

健康的人群当中也有人反对。

某医务评论家说:"政府关于脑死亡的临时调查开始不久,国民正要讨论脑死亡问题时,一个大学的伦理委员会作出允许脑死亡者内脏器官移植的决定是令人遗憾的。我认为这表现了医师们的高傲。"

乍一看,是很漂亮的意见,但是对于这种煞有介事的意见,我想反问:"国民要讨论脑死亡问题是怎么回事儿吗?能在全体国民中间讨论这样的事儿吗?"

比如，你怎么跟公司的同事或家庭主妇或年轻女孩儿去讨论呢？

难道要让那些不懂得脑死亡定义和脑的解剖学，甚至也没见过人死亡实况的人参加讨论吗？

像脑死亡这样极其专业的东西不是全体国民所能够讨论的问题。

这种特殊的东西只有托付给这方面的专家议定，别无他法。

对于这方面的专业性，政府、厚生省和医师们都知道。不，大部分国民也知道。

因此，各大学才成立了专门的委员会，进行郑重的讨论，发表各自的见解。

而报纸的通常做法是，每当社会上出现一种新事物，不管自己懂不懂，就品头论足发表见解，提反对意见。

似乎给人以公正中立的深刻印象，但有时也别出心裁，常常为反对而反对。

被报纸所利用的评论家常说得煞有介事，但内容往往是观念性的，空疏的情况多。

现在，日本的脑死亡问题作为现实问题好不容易才迈出了第一步。

日本已经远远落后于世界各国，世界各国已经在向脑死亡患者器官移植的深度和广度发展，这是千真万确的事实。

现实之中，只要人们拥有永远健康生活的欲望和医疗技术的进步，可能就阻挡不住这种社会潮流吧。

正在写这篇稿子时，电视上播放出众议院选举的结果，有点沉不住气了。

自民党的票数过半，与瑞克利事件①有关的议员基本都当选了。

谴责这些议员行径的节目主持人和评论家很多，但是某个地区的人能从他们那里获取利益，所有的人都会选他们。

昨天乘出租车时，出租车司机说：要是自民党赢了，出租车加价方案就会通过，要把票投给自民党。在银行和证券公司工作的朋友以及银座夜总会的女士们都说：要是自民党赢了，社会风气会好转，要投自民党的票。

都市的人们也没有资格阻止地方的人们选举瑞克利议员。

---

① 瑞克利事件：1988年发现的日本企业向政治家行贿事件。

刑满释放

今天(二月二十四日),我在《读卖新闻》上连载了一年的小说就结束了。换言之,今天交的稿件是连载的终结稿。

不过我的情况是,总是到交稿期限才交稿,这篇稿子将刊登在后天(二十六日)的报纸上。

每当写完长篇连载的终结稿,我就想要举起双手来喊万岁或者欢呼跳跃。说来有些夸张,心情极像一个被判了长期徒刑而获得释放的囚犯。

不管怎么说,一年期间被报载小说束缚住,心绪不可能很安定。

因为我是一直被交稿期限追赶着写作,所以,获得解放的喜悦就格外强烈。

其实,提前写好稿子毫无困难可言,可不知什么缘故,总要耗到交稿期限才交稿。或者说是一直拖到交稿期限才交差。

这与其说是惰性,莫如说是恶习。

总之是没规矩。

每次交稿都拖拖拉拉,竟连续写了一年。事到如今,我对自己都感到惊讶。

可能更惊讶的是责任编辑和插图画师。

责任编辑每天等着迟迟不交的稿子,听着我无理的托词。如果是个有点儿神经质的人,早就受刺激发病了。

当然,最初的时候,他也是一个劲儿地催稿。

我也曾被他吓唬过:"再晚一个小时交,小说栏就只好空着了。"

可能时间久了,见怪不怪,他逐渐习惯了我的拖拉。过了半年左右,他心中有数了,临到交稿期限也不催促了。

他这样做,我反倒有所担心,便主动打电话询问。

"还来得及吗?"

责任编辑用低沉的声音回答我。

"后天是休刊日。"

对啦!报纸有休刊日。

写起连载小说来,这休刊日让人高兴得流眼泪。

特别是忘了的时候,被人突然一提,马上出现那种翻旧书时,从书里一下子掉出钱来的感觉。

事先不提这事儿,责编也够坏的。当然,他可能出于真诚的关怀,想让我多少增加一点文稿储备。

同样的报载小说,晚报休刊日要比晨报多得多。每周星期天都休刊,加上节假日,再加上年底年初的长假等,一年要少七八十天。

因此,在晨报上写小说时,常"嫉妒"在晚报上写小说的作家。

如果我不在晨报上写,而在晚报上写,也不可能有较多的文稿储备。犹如一个骑惯了自行车的人,终归是不会徒步而行的。

原先写过几次报载小说,都是人工传递手稿,这次不一样,使用电传。

原先的程序是责编每天来取稿子,同时校正上次的清样。有时是报社骑摩托的青年代取。基本上每天保持联系。

小说连载一年,就得和责编联系三百多次,要么见面,要么打电话。

这样一来,我和责编的关系就变得比家人还要密切,或者说,不得不变密切。

责编知晓我每天的行动,去哪儿都会被他发现。

反过来说,我们摆脱不掉彼此。

偶尔想出去溜溜,也不得不告诉他。

因为擅自外出的话,什么时候发现了文稿有错误都无法订正。

所以,我的行踪不能对责编保密。

日复一日,每天都见面或打电话,难免心中生厌,以致后来听到主管的声音,就感到厌烦。

责编也一样,他可能会时常慨叹:运气不好,偏偏负责一个不推不走的作家!

我在《每日新闻》写连载时,责编T先生说:"连载完了,你气色好了。"《日本经济新闻》的连载终结后,责编A先生说:"多亏连载完了,你也胖了。"

在《产经新闻》写连载的过程中,身形瘦削的责编K先生来我的办公室取稿子,走到路上,他转身去鱼店买了墨鱼和章鱼。来到我的办公室后,吃着鱼,喝着酒,等我写稿子。

等我写好时,他已经有几分醉意了。我理解他的心情,是不得已而为之,以免沉不住气。

当然,如果凑齐五天或十天的交稿交给他,就不会出现这样的情况,但是性格使然,做不到,没办法。

就这样,我爱恨交加地和他协作了一年。那种感觉跟常年相守的冤家夫妻差不多。

这次不同以往,交稿使用了传真,就不用每天跟责编见面了。

如果说这样双方都轻松,那确实是轻松了,当然也受到某些限制。

总之,没有传真很难工作。

出差听到目的地的旅馆里有传真就放心,要是没有,就取消行程或改住他处。高尔夫球场里有传真,无意中就玩得很沉着。

去外国时也这样,确认旅馆有传真并完好才去。因我亲身体验过虽有而不能使用的情况。

意大利的威尼斯和葡萄牙的里斯本,传真只在白天使用,且发送费异常昂贵,还要额外收取接受费,令人愕然。

有次在摩洛哥,倒是有传真,去一看,坏了,急忙改用电话发稿,事毕又对其收取的电话费愕然。

在没有传真时，去海外之前就把不在日本时的文稿写好。有了传真，竟狂妄自大地想要在国外的旅馆里写。

报应会来的。

人如果方便了，就会相应地变懒。不是因为有懒惰思想才发明便利机器的吧？

不管怎样，我当下正在感慨良多地享受刑满释放的自由。

从纲走① 去清里②

我要去北海道的清里町。

可能很多人不知道这个城市在哪里。

从纲走出发,沿着鄂霍次克海岸向东到达知床③的斜里町,从斜里町向西南十几公里,就到了农林之城——清里町。

几年前,这里的教育委员会邀请我去讲演,但我没去。

我本来就不擅长讲演,而且那儿离东京很远,天气很冷。不知为什么,我总是在二三月份受到邀请,所以常犹豫。

这次是农闲季节发来邀请,我就决定前去。

尽管我讲话水平不高,也可以让城里的人们在闲暇时段悠闲地听一下。

以前曾去过这个地区几次。

---
① 纲走:地名,位于北海道东北部。
② 清里:地名,位于北海道东北部。
③ 知床:地名,位于北海道东北部。

十五六年前去参加冰像节观赏流冰,七八年前去则是为了撰写关于湖的随笔。

以纲走为中心的沿海一带居然分布着很多湖。

现在的湖还被积雪覆盖着,从纲走到知床斜里町的海岸线很荒凉,没有人影,岸边绵延着种满落叶松的丘陵,牛或马在慢悠悠地吃草。

这儿左边能看到水平线,右边能看到地平线,天空无限地高远且呈反扣的大锅形状。

同属北海道,这一带与札幌大不相同,展现着辽阔遥远的自然风光。

以前曾去过纲走西北的纹别①看流冰,因时值隆冬,寒气分外袭人,预定晚上在冰像节会场放焰火,但晚上人太少,后改在白天放。

焰火升腾到灰色的天空中,观众只能看到微微的橘黄色闪光和黄色的烟雾,且转瞬即逝。这种焰火,与其说是太简单,莫如说是太无情。

因为有这样的记忆,现在是三月初,故出门穿了很多衣服。

乘机到了女满别机场,却感到天气很暖和,也许是白天的缘故,外套也不需要穿。

从机场驱车去纲走,到了纲走又沿着鄂霍次克海边的二四四号国道向东行,国道光秃秃的,两侧的旱田里局部袒露着黑土,秋播的

---

① 纹别:地名,位于北海道东北部。

小麦嫩苗绿油油的。

从车窗里看到的鄂霍次克海是铅灰色的,海上风平浪静,岸边积雪皑皑的知床连峰银光闪耀。

风有点冷,但鄂霍次克海已洋溢着春天的气息。

据前来迎接我的当地人说,今春没有流冰。一月初曾见到过海面上有白色的流冰带,但最后没靠岸,也没有被封住。

以前去纹别时,也是三月初,流冰正要离岸,白色的冰块儿像大白鸟一样飘浮在深蓝色的海面上,现在这儿连这种风景也看不到。

流冰消逝后,渔民们就说"开海了",把抬到陆地上的船再放到海里去。今年好像用不到"开海"这样的词了。

"今年的季节更替比往年早一个月,在这时节,这样暖和的天气是第一次碰到。"

当地的人一方面对解冻的海面感到称心,一方面对过早降临的春天感到担忧。

从纲走去斜里,有一条沿海岸线与二四四国道并行的铁路,这是连接纲走和钏路的纲钏本线。这条线上有分别叫藻琴、北浜的车站,现在都无专人管理。

实际上,就是把原有的火车站内部做了改造,建成了咖啡屋、西餐馆或拉面店,由那里的经营者取代了车站工作人员。

准确地说,是车站被委托给了民间做买卖,列车准时停靠在咖啡屋或拉面店附近,让人看了很开心。

再往前走,就看到了原生花园坐落的丘陵。

六至七月是野花盛开的最繁茂时节,驱车经过这路段,就会被野花的香气所沁漫。

我说起花园香气袭人的事儿,当地人说现在早已名存实亡。

因为整个花园萎缩了,花少香也淡。

"是因为废气的原因吗?"我问道。

当地人歪着头思索,但没吭声。也许这里正在发生某种难以言说的变化。

越过原生花园,一大块湿地出现在眼前,这里有因天鹅成群而著名的涛沸湖,现在只能看到部分水面。

透过车窗可见数十只天鹅从那里振翅飞向长空。

天鹅在晴朗的空中排成了倒 U 形编队。银装素裹的斜里岳巍然屹立在辽阔的平原上。这座山是伸向平地的孤立山峰,显得格外巍峨。

这是在喧闹的东京怎么也看不到的壮观景象,当地人却很是不屑:

"天鹅是很漂亮,但是太吵闹,一聚集起来让人受不了。"

城市里向往的天鹅换个地方会变成累赘。

可能是远离观光季节的缘故,路上车少得让人痛快。

经过一个二十几公里都没有一个弯的路段,也没有任何东西挡在路上。

然而司机却开得不太快,而且还在减速。

我觉得难以理解,抬头一看前方,警察正坐在椅子上等着检车。

"我们大致了解一下情况。"

开车的司机露出苦笑,检车的警察也露出苦笑。

乡间的道路很空闲,拦路的警察很和蔼。

再往前走,一辆公共汽车对向驶来。

这是跑了二十多公里才遇到的第一辆汽车,一辆很大的私家公共汽车,而车上只有一位乘客。

这应该说是奢侈,还是应该说是浪费呢?抑或都不是。

这一带主要出产以土豆和甜菜为主的旱田作物,发展奶酪畜牧业,但近几年旱田作物价格不景气。

打开车上的收音机,电台正在转播国会听证实况,听到国土厅长官回答说:要拼命地把地价降下来!

如果待在东京,此事会引起我的密切关注,可来到了这里,总觉得那是遥远的异国长官说的与己无关的话。

正义与单纯

因为报纸连载的工作告一段落,我去了趟纽约。

纽约的冬天很冷,故拖延到三月中旬才去,可去了以后仍然很冷。

我到之前刚下过雪,街边路旁仍有积雪未融化。离旅馆很近的中央公园里也满是积雪,虽时值三月,却是一幅冬季的景色。

人们都穿着大衣,把两手插在口袋里,快步疾走。

提起纽约,就想起从当地街头窨井中冒出来的白色蒸汽,在天气寒冷之时,它格外引人注目。

这次去纽约,是为了收集一年前在《恐鸟》杂志上连载的有关电影的素材。

这次还要写《坠恋》和《危险的偷情》两部电影的剧本,均以纽约为外景地。

也许有很多人看过《坠恋》,这是个有家室的中年男人和同样有家庭的已婚女子的婚外恋故事。

两个人都有工作,都被对方所吸引,每次在地铁幽会,关系越来越亲密。

然而彼此都有家庭,怎么也下不了决心结婚。

两人的苦恼与彷徨引起了人们的同情与共鸣,在日本受到追捧。

另一部《危险的偷情》去年在日本上映时,也引起了强烈反响。

这部电影的剧情是,有家庭的中年男子偶遇独身的女编辑,两人的关系亲密起来,致女方怀孕。男人是为了寻求一时的刺激,女人却动了真情,因嫉妒而发疯的女人屡屡做出令男人及其家庭厌恶的事儿,最后发展到了挥刀向男人及其妻子行凶。

这部电影揭示了男人偷情的危害,引起了社会反响。片中对女人的歇斯底里的演绎有点夸张,让人感觉像恐怖片或喜剧片。

作为一般日本人的感受,好像描写男女婚外动情的《坠恋》,要比悲剧色彩强烈的《危险的偷情》声誉好。

问了纽约的几个美国人对两部电影作何感想,绝大多数人对《危险的偷情》评价高。说这部电影的剧情实际会发生,很可怕,但剧情发展快,平明易解,看着很痛快。

与之相比,《坠恋》节奏缓慢,剧情不统一,过于无聊。在中央广播电视台搞宣传工作的女士耸着肩膀说:这部电影不是"Fall in love",而是"Fall in sleep"[①]。

[①] 本句译为:"不是坠恋,而是坠眠"。

我一边对美国女性的诙谐报以苦笑,一边对美日两国人民观念的差异进行思考。

凭我个人的趣味而言,当然是觉得《坠恋》好。

《危险的偷情》富有戏剧性而惊险,但对人的描绘过于单纯,令人寂寞。片中炫耀的流血事件也太多,让人偏移了视角。

《坠恋》则描写细腻,郑重其事地描绘人性。尽量减少戏剧性的东西,让人品味到婚外恋的苦涩。

但美国人认为是庸俗的、惹人着急的电影。

对他们来说,好像电影只要让人舒畅并富有刺激性就行,不必去关注人的真情实感和微妙的男女关系。

碰巧同一时期,百老汇大街上上映《悲惨世界》《歌剧魅影》和《合唱队水平》三部电影,三部电影都很叫座,所以连续不断地上演。

特别是前两部作品声誉很好,不容易弄到电影票。

但是,对我来说,这两部作品看不看无关紧要。

《歌剧魅影》之前看过,电影内容有些单纯,而《悲惨世界》则是通俗影片的典型。

当然不是说通俗不好,看过书或看过戏就足够了,和日本人不想再看阿信一个样。

《合唱队水平》中,演员的动作很精彩,而剧情不过是单纯的成功的励志故事。

美国人喜欢劝善惩恶,过于耿直而诚实。

其根本的理念就是"正义"。

一般的美国人从小就被灌输正义,所有的事物都要以"公正"或"不公正"来明断。

如果某人被断定为"不公正",那个人就会抬不起头来。

当前美国对日本的攻击不断扩大,是因为触及了不公正的底线,正在演变为易燃的火种。

当然,正义是人类长期哺育的基本理念,我丝毫不怀疑这一点。

但是,美国人只认定自己信奉的正邪理念,且把它强加于人。

这种信念用于自由、博爱或人权维护时极受尊崇,但它也会发展变化,确信唯有自己才是维护正义的世界警察,甚至把手伸到越南和巴拿马多管闲事,难以服人。

明确地说,谁都知道正义的重要性。自由、博爱、诚实对人类来说都是至关重要的准则。

这些东西无需重复,喋喋不休让我们觉得害羞。不知害羞的只有日本船舶振兴会的会长先生。

可是美国人却不知害羞地老说这事儿,还强加于别人。对于这种唯我独大,腼腆的日本人有些不知所措。

像美国这样多民族的国家,也许只有不断地吟诵、主张这种通俗易懂的理念才能统一全国人民的意志。

当然,我不想否定这样的社会。岂止如此,可以说,在世界上没有像美国社会这样天真烂漫而未经世故的社会。

可是,这种未经世故贸然地闯入电影戏剧领域,甚至整个艺术世界,就让人束手无策了。

舞台上正义战胜邪恶所引发的观众鼓掌声和欢呼声,让人认识到美国人的健全,同时又觉得这种过于单纯的感动方式有点可怕。

先去纽约,再去夏威夷

已经去过纽约五六次了,但是还没看过自由女神像和帝国大厦。

这类似于来过东京而没有看过皇居和浅草。

这次同行的人说是第一次来美国,故决定陪他同访名胜。

总觉得购买世界导游图有点赶时髦,但是掌握这种基础性的游览路线是很重要的。

去过几次纽约的人曾对我说,他对意大利和西班牙很熟悉,但没去过伦敦和巴黎。

本人自以为算得上是意大利通和西班牙通,当然,这样说也有点夜郎自大。

虽说是老掉牙的浏览路线,但就游览欧洲而言,还是应该先看巴黎和伦敦。

然后去罗马或马德里,就意大利和西班牙来说,游览这两个首都城市都可以。

如果既不看伦敦也不看巴黎,而突然跨入某一个地方并沉浸其中,这种情况,犹如不经过基础教育就一步跨入专业课学习。

如果这是本人的爱好,别人不应说三道四,但内中存在视野狭窄、见识短浅的成分。

原先我对纽约的认识也存在这样的问题。

初次到纽约。很想看当地的名胜古迹,后来觉得没什么可看的,去过几次之后,就误以为自己看过了。

这次到纽约,观念大更新,既想观赏摩天大楼,又想拜谒自由女神像、参观帝国大厦,也证明了自己的感性自然而健康。

有当地人陪伴我们,绝不放弃第一次浏览名胜古迹的好机会。

果然,实际看到的纽约与脑子里想象的纽约截然不同。

先是去看自由女神,我单纯地认为能步行到女神像之前。带路的人说:"穿过前面那个公园就能看到。"我以为马上就要到女神脚下了。

然而,自由女神像坐落在遥远的海对岸,只能远眺,拦路的大海在太阳的照耀下波光闪闪。

想一想,这是理所当然的,自由女神像立于位于纽约港入口的自由岛上,只有乘船去才能到神像的脚下。

是我忘记了常识。

访问帝国大厦时就更惨了。

因为大厦在旅馆附近,本以为只要有地图就能找去,没叫带路人便出门了。

但是按地图上的位置转了好几圈,也没找到重要的帝国大厦。

那么宏伟的大厦怎么就找不到呢？我们找累了，便问路人。路人用手指着旁边的大厦说："那就是！"

我们感到有点疑惑，可站定仰头一看，确实是一座高楼，但不相信有三百八十一米高。

这座楼的入口处设有宣传药品的陈列窗，是刚才来来回回走过好几次的地方。

将信将疑地进去一看，果然是帝国大厦。于是，我们先后乘两部电梯，爬到了瞭望台。

从台上俯视四周的街景，大厦的高度凸显了出来，我对之前自己的傻劲儿感到愕然。

像帝国大厦这样下部方阔、上部尖细的大厦，从下面仰视，怎么也看不到上端。

常言道："丈八灯台，照远不照近。"现在则是"高耸大厦，近看不到顶。"

不了解实情，按图索骥，比对照片上的楼宇形状四处转悠……
过后对纽约的朋友提起这事儿，朋友安慰说：
"不稀奇。有的人到了大厦跟前，感觉找不到就回去了。"
由此看来，我们算是幸运的。大致攀登了一下，感觉还可以。
拜谒自由女神像，攀登帝国大厦，事毕重新深刻地认识到了美国人为何移居这块土地、以什么为自豪而幸福生活着。

从纽约的回程经过了火奴鲁鲁。

原先总是从纽约乘直达航班返回东京。

这次时间有点宽裕,反正是途经该地,就想在夏威夷悠闲自在一下。

当时没注意飞行所需时间,后来才查阅到,从纽约至火奴鲁鲁需要近十三个小时,和从纽约直飞东京没大有差别。

厌烦了,不想去夏威夷了,但机票已订,再取消也嫌麻烦。

这样一来,从纽约飞到旧金山六个小时,再从那里转机,到火奴鲁鲁还需要五个小时。这期间还要候机,因为任何一家航空公司都没有直航班机。

从火奴鲁鲁再回东京需要近八个小时,如果走这条路线,从纽约到东京总共需要二十多个小时。

这哪里是途经之地,简直是舍近求远,绕个大圈儿。

我告诉纽约的朋友要途经夏威夷,朋友说:"那可不得了啊!"好像对纽约人来说,夏威夷是个遥不可及的地方。

顺便说一下,纽约人想要避寒或看海时,往往飞到居于北大西洋的佛罗里达州或加勒比海沿岸各国家。

对于住在纽约或波士顿等美国东部的人们来说,横跨美洲大陆、进而横渡太平洋是一次相当漫长的大旅行。

相反,对于住在加利福尼亚等西部的人们来说,越过内陆再从纽约去东部的欧洲是很辛苦的。

当然,夏威夷对于美国西部的人来说,是身边的度假地,离着日本也近。

所以，难怪同是美国人，因为分别住在东部和西部，对日本的关心程度不一样。

居于东部的人注意力容易转向欧洲，居于西部的人则比较关注太平洋或日本。

话虽如此，纽约和东京为何相隔那么遥远呢？

乘上飞机后才发现，自己走的这条路线是从地球最凸起的肚子上飞行的。

如果看地球仪，马上就能明白这个情形，但人们往往在脑海中只展现平面的地图。

于热海·伊豆山

前几天在日比谷的旅馆里见到了一个熟人，对方问我："哎呀，您已经回到日本了吗？"

我是半个多月前从美国回来的。那个人是我的随笔的读者，好像他认为我写美国旅行中的情况，人待在那边。

一般的旅行感想是旅行回来后写，而且向周刊杂志交稿后到出版售卖最少需要一周时间。

因此，报刊登载的随笔内容是在旅地的情况，其实本人已经回到了日本。

这种情况是很自然的，但容易让人产生错觉。

比如，有人收到去巴黎旅游的人寄来的信，会以为那个人还在巴黎，如果寄信者突然从东京打来电话，对方往往会惊讶。

"哎呀，你已经回来了！"寄信者近在咫尺，收到的信就有点黯然失色。

寄信的人如果考虑周全，一般不发人回来后才送达的那种信件。

当然，再怎么注意，也有不顺意的时候。

以前我从西班牙发出的信，自己回国后半个月才送达，因为内容是向对方诉说回国之事，成了一封拙劣的信。更为糟糕的是信上写着备买的特产，最后却没买，就更让人失望了。

尽管有这种情况，对方接到信总比接不到信高兴。内容或时间的不吻合另当别论，辜负不了特意致信的这番好意。

所以现在人已回到日本，还让我再写点儿纽约的事儿。

这次在纽约，印象最深的是工薪阶层人士每天早晨匆匆忙忙上班的身影。

在美国，越是企业干部就越是出勤早。

员工职务越往上晋升，工作要求越严格。职员们也认为企业干部应该比别人多干活。

美国的企业中，年轻干部居多，好像与这种观念有关。

在纽约，几乎所有的公司都规定在八点半至九点钟上班，因而职员的上班高峰出现在七点半到八点之间。

每当这时候，从地铁中央站涌出的员工比肩接踵，跟日本丸之内的情况不相上下。

略有不同的是，大部分职业女性身材高挑、挺胸阔步，其风姿绰约的倩影格外引人注目。在日本，年轻的女职员也很多，但与纽约的女士相比，总觉得有点游戏性，缺少她们那种接下来就要埋头工作的气势。

在熙熙攘攘的人群当中,偶有用手拨开身旁缓步的人士、急匆匆赶路的职业女性。

这些人多半是秘书,好像为了赶在企业干部到来之前跨进办公室。那种姿态充满了紧张感,让人觉得风风火火。

根据最近的调查,纽约有将近四成的职业女性从事管理工作,其中近一成是高管。

这么说来,会让人觉得纽约的职业女性都有晋升志向,其实不是全部。在职业女性中,有的人一到下班时间就赶紧回家,有的人则加班加点到很晚,愿望各一,不尽相同。

乍一看,她们巾帼不让须眉,工作中忘记了性别。实际上,她们很独立,越来越强调女性特有的东西。

有人把这种类型的女性称为"不赖的一代"。当然,女性参与社会活动是最理想的,但是她们并不想失去女人的特色。

特色的表征就是通过健身运动为身体塑形,保持曲线美。穿性感衣服,把自己弄漂亮。

据说去年夏天流行穿华丽色彩的内裤、外套白色的薄质透明西装裤,属最时髦的装扮,乌迪阿琳把这样的女性称之为"VPL贵夫人",引起了社会反响。

顺便说一下,"VPL"是"Visible Panty Line"的省略。

好像不仅在纽约,整个美国艾滋病泛滥成灾,人们谈虎色变,自由性交销声匿迹,找一个安全的对象结婚成为人间正道。

据说离婚率进一步上升,接近百分之五十。

美国人的离婚似乎是一场经济争夺战,只要解决金钱问题,就很简单地分手。这方面确实是一拍即散,要说爽快也是蛮爽快的。

最近大富豪特朗普夫妇离婚就引起了广泛议论。像他们一样,结婚前先写明离婚慰藉金和馈赠房地产的情况比比皆是。

所以,一般从结婚时就能知道离婚时能得到的经济补偿。

好像特朗普夫人嫌少,还要在法庭上争斗。听到这种情况,我就想发问:"过去两个人所培育的爱情到哪儿去了呢?"

可能这是日本式的想法,也许落后于时代,但听到太过凄惨的经济斗争,就觉得既过于爽快又有些乏味。

我现在是在热海伊豆山的一个叫"蓬莱"的旅馆里写这篇稿子。

这是一座面向相模湾、坐落在伊豆山山坡上的茶室式旅馆,充满着舒适与静谧。

早晨,把阳台的玻璃门打开,一边听着海浪的拍打声,一边写稿子,心里很平静。窗外百日红那带棱的树枝伸向天空,蓬径巨大的樟树拓展着柔美的翠绿。

去年二月访问这里时,刚刚透露出早春的气息,现在这里一片苍翠,樱花盛开,清晨的大海在树枝间波光粼粼,洋溢着烂漫的春日气息。

看到这般优美的景色,我想起行色匆匆的金发职业女郎和离婚慰藉金,恍如隔世一梦,也重新认识到世界之大。

友人之死[1]

刚得到一个消息：我大学时代的友人涩谷雄也君去世了。

死因好像是脑梗死。

他是个憨厚而和蔼的人，也喜欢小说，曾经和我一起编辑了大学的文艺杂志。

我们从医学部毕业后，他专攻胸外科，我专攻整形外科，不再每天在一起了。

但各自的研究室都在地下那层楼，只隔一条走廊，做实验到深夜时，也经常面谈。

当时他说正在用狗做人工心肺研究。

事后不久，大学附院进行第一例心脏移植手术，他作为手术队的一员参与了全程。

之后，我站到了批评那次移植手术的立场上，但他一直不知道这

---

[1] 本篇是作者之母渡边翠女士（一九九四年五月逝世）尚健在时写的。

件事。

只有一次,我说理解不了那种手术,他转移了话题:"哎呀,也可以嘛。"

从某个角度上说,他不得不参加那次手术,也许他也怀疑过手术的可行性。

也可能因为这个原因,他很快就离开大学,去札幌的地方医院工作了。

我并没有直接问他缘由,也许他认为大学附院太辛苦,不适合自己干。

我们最后一次见面,是两年前医学部校友庆祝毕业三十周年聚会,他温和的风度依然如故。只是胖了很多,气色也不好。

这有点儿叫人担心,可我认为他也是医生,用不着提醒。

在听到他讣闻的前一年,同级同学、在相模原市开精神科医院的村本公温君死了,据说是死于肝硬化。

大约一年之内,死了两个同年级的友人。

不想听到这种消息,可能是到了这把年纪了。

这样,当年医学部同年级的六十八个人已死了四个。

占整体的百分之五,是应该说多,还是应该说少呢?

今后一段时间,这个数字还会加速增长。

这些人都是过去在同一个教室里学医的伙伴。

虽说这些伙伴在给别人治病的过程中,自己得病而死是自然现象,但仍觉得有点不可思议。

年轻时玩得一塌糊涂、暴食暴饮的伙伴未必早逝,要说不可思议,也是很不可思议的。

这次仍是在札幌的同年级伙伴主动与各地友人联系,认真准备葬礼。

人过早死亡是可悲的,但如果改变一下想法,去比较上学期间同年级伙伴的早夭,也许是幸运的。

友人的死,使我想起了我的父亲,他也是六十岁时患狭心症而突然去世的。

直到病故前一天还健康如昔,当我在医院听到这个噩耗时,竟半天没能相信。

如果不顾颜面地如实说,我是前一天晚上在外面喝酒,没回家过夜,直接从住处去医院上班才知道的。

马上从医院赶回家,看到家门口挂有写着"服丧期间"的帘子。

确实是悔不当初,作为长子的我丢尽了面子。

直到这时,我才瞻顾现实——"无论多么健康的人,不定何时就会突然去世",更深理解了"子欲孝而亲不待"的含义。

当然,这些话语早先就有笼统的认知,但作为刻骨铭心的体会尚属首次。

这件事发生以后,我对别人变得和蔼了一点儿,也开始牵挂家里的事情。

并不是说就不在外面过夜了,而是深夜或早晨突然想起家来,就赶紧往家里打电话。

其实,没有任何事儿。

只是为确认家中平安无事,让电话铃响五六次,确认没人接才挂断。

深夜或早晨这个时段往家打电话,如没有人接,才证明全家平安无事。

如果有谁死了,或者发生重大事件,家里才会接电话。

这是冶游无度的傻男人所想出的求证办法。

父亲突然去世后,我也开始孝敬母亲了。

之前总与父亲对抗,还没来得及孝敬就永别了。

不过我并不憎恨父亲。岂止如此,反倒是喜欢不爱说话的父亲,曾想找个机会好好与之谈话,却因为男人的"自尊"没能实现。

其背后也有恃宠作态的故意和愚昧无知的自信——父母会永远健康地活着!

对父亲未能尽孝,感到很后悔,所以要加倍地孝敬母亲。

这种说法也许有点荒唐,因为父亲死了,母亲才会受到超出预想的孝顺。

母亲居住在札幌,我一去札幌就看望母亲,尽量听母亲说话,也给她零花钱。有时从东京给她打电话,也给她寄应季的鲜花。

对于母亲来说,我的性情突然变温和了,她好像有点不知所措。

父亲离去以后,已经过去了二十多年,母亲仍然健在。

她好像最近有点腰疼,但仍然坚持做咸菜寄给我。

根据目前状况,母亲好像会长寿。

这样一想,我好不容易要尽孝的心情又有所松懈了,最近是一点一点地要偷工减料了。

这可以说是人性的浅薄,也很难办。看着长寿的母亲,无意中就产生"母亲永远健在"的思想,好像要淡忘尽孝。

这可以说是"好了伤疤忘了疼"。

其实,母亲也许会突然死去。要是母亲死了,我就没有可孝敬之人了,就会越来越后悔。

明知是这样,但现实中一看到健在的母亲,无意中就变得懒惰。

今天快要进四月了,天冷什么也没顾上,也没和母亲见面。

本书是根据1992年7月刊行的《涩谷原宿公园大街》而改名出版的作品。

后记

本随笔集由平成元年(1989年)四月八日至平成二年(1990年)四月二十一日在《现代周刊》上连载的内容汇编而成。

现在来看,内中有一些华沙条约组织崩溃之前的游记等过时的东西。另外,内中关于脑死亡和活体肝移植的信息,曾收集在之前出版的《如何思考脑死亡?》一书中。

当时表现为文字的东西,现在已经成为过去式,从这种意义上说,当时怎么看、怎么感受的,可能与现在相距甚远。但从了解时光流逝的意义上,才决定汇编成册的。

现在回想一下《现代周刊》上连载的"像风一样",连自己都有些愕然:自己确实是像风一样地刮来刮去,在世界各地游访。

姑且不谈外访,这些稿子基本上是在位于涩谷公园大街的办公室里写的。换言之,位于涩谷和原宿中间的公园大街是这本随笔集的诞生场所,故决定用作书名的标题。

如开头所表明的那样,我的连篇累牍的随笔,展现的是各个时期的思想，从这种意义上说，这本随笔集是我内心的独白，也是本杂记。

现在重新认识到，把这样的东西归纳成册，是作者的幸福，同时也归功于成就我的各种各样的人们。

渡边淳一

一九九二年六月十七日

文库版后记

这部随笔集是由讲谈社在平成四年七月以《涩谷原宿公园大街》为书名而出版的集子。

也许有人知道,这些随笔在五年前以"像风一样"的大标题在《现代周刊》连载过,之后又续写了《像风一样·妈妈的信》和《像风一样·老忘》。

这样,后面的两册都加了《像风一样》这个连贯下来的标题,唯有《涩谷原宿公园大街》没加。乘这次随笔丛书化之际,为了表示是随笔集的系列作品,遂决定改名为《像风一样·都够受的》[①]。

不言而喻,随笔是我每个时期内心的独白,也是日记,正因为如此,内中才有随着时光流逝而容易风化的东西。

当然在选择内容时,尽量避开一些时事评论性的东西,自以为收集的是超越时间而有意义的东西。《都够受的》是我特别喜欢的随笔,

---

① 本次出版根据随笔集内容,调整书名为《风云系列:樱花烂漫时》。

故决定将此用作书名。

以这次文库化为契机,一系列的随笔在《像风一样》这一标题下得到统一,希望众多读者能够知晓。

渡边淳一

一九九四年十一月

图书在版编目（CIP）数据

樱花烂漫时 /（日）渡边淳一著；时卫国译. —— 青岛：青岛出版社，2019.5
（风云系列）
ISBN 978-7-5552-8178-8

Ⅰ.①樱… Ⅱ.①渡… ②时… Ⅲ.①随笔—作品集—日本—现代 Ⅳ.①I313.65

中国版本图书馆CIP数据核字(2019)第067259号

みんな大変by 渡辺淳一
Copyrights： © 2006 by 渡辺淳一
This edition arranged through OH INTERNATIONAL CO. LTD.
Simplified Chinese edition copyrights： © 2019 by Qingdao Publishing House Co., Ltd.
All rights reserved.
简体中文版通过渡边淳一继承人经由OH INTERNATIONAL株式会社授权出版

山东省版权局著作权合同登记号 图字：15-2017-237号

书　　名	风云系列：樱花烂漫时
著　　者	（日）渡边淳一
译　　者	时卫国
出版发行	青岛出版社
社　　址	青岛市海尔路182号（266061）
本社网址	http://www.qdpub.com
邮购电话	13335059110　（0532）68068026
策　　划	刘　咏　杨成舜
责任编辑	刘　迅
封面设计	末末美书
封面插图	嘉　鹏
照　　排	青岛乐喜力科技发展有限公司
印　　刷	青岛双星华信印刷有限公司
出版日期	2019年5月第1版　2019年5月第1次印刷
开　　本	32开（890mm×1240mm）
印　　张	7.75
字　　数	150千
印　　数	1—5000
书　　号	ISBN 978-7-5552-8178-8
定　　价	35.00元

编校印装质量、盗版监督服务电话：4006532017　0532-68068638
本书建议陈列类别：日本·畅销·随笔